陽眠る

上田秀人

時代小説文庫

角川春樹事務所

本書は二〇二〇年七月に、小社から単行本として刊行いたしました。

目次

挿画　ヤマモトマサアキ

陽眠る

第一章　無念の海

一

手痛い敗戦をした直後だというに、大坂城内は意気軒昂《けんこう》であった。

「薩長《さっちょう》ごときにこの城は抜けぬ」

「徳川《とくがわ》の力を見せつけてやろうぞ」

万をこえる旗本たちが籠城《ろうじょう》の仕度に動き回っていた。

「守口《もりぐち》に大筒《おおづつ》を回せ」

「藤堂《とうどう》が裏切った。東からも軍勢が来るやも知れぬ。玉造口《たまつくりぐち》を固めよ」

豊臣秀吉《とよとみひでよし》が天下取りの象徴として築きあげた大坂城を凌駕《りょうが》することを目的に造られ

た徳川大坂城は、まさに難攻不落の名城である。

「上様のお指図で戦うは、旗本の誉《ほま》れ」

「戦勝の鬨《とき》を上様に捧《ささ》げようぞ」

威勢のよい旗本たちを見ながら、榎本釜次郎《えのもとかまじろう》武揚《たけあき》は乗艦開陽丸《かいようまる》から大坂城大広間へと向かっていた。

「朝廷に問いただしたきことあり」

大坂を出て京へ向かった大目付滝川播磨守具挙《たきがわはりまのかみともたか》率いる一万五千の幕府軍は、鳥羽《とば》街道を封鎖している薩摩《さつま》軍と戦端を開いたが、関ヶ原《せきがはら》から変わっていない兵法、装備では新式小銃の相手などできず敗退。味方だった津《つ》、淀《よど》の両藩にも寝返られ、大坂へ逃げ帰ってきていた。

「布衣《ほい》以上は大広間へ参じよ」

それを受けて、十五代将軍だった徳川慶喜《よしのぶ》が今後についての話をすると参集をかけたのだ。

「ようやく、上様も肚《はら》を据えられたか」

榎本釜次郎の肩にも力が入っていた。

オランダ留学を果たし、軍艦開陽丸を日本へ曳航《えいこう》した榎本釜次郎は軍艦頭《がしら》となり、和泉守《いずみのかみ》の名乗りを許されている。大坂湾に集結している幕府海軍の指揮を執るべく、開陽丸に乗り組んでいた榎本釜次郎にも呼び出しがかかるのは当然であった。

「長かった」

榎本釜次郎が嘆息した。

黒船来航から始まった徳川幕府の崩壊は、慶応《けいおう》三年（一八六七）十月十四日に終結を迎えた。慶長《けいちょう》八年（一六〇三）、徳川家康《いえやす》が征夷大将軍《せいいたいしょうぐん》に任じられて以来、じつに二百六十四年続いた幕府は十五代将軍慶喜の大政奉還《たいせいほうかん》をもって幕を下ろされた。

「大政奉還はご英断であった」

薩摩の島津《しまづ》、長州《ちょうしゅう》の毛利《もうり》に代表される西国外様《さいこくとざま》大名が中心となった倒幕の気運は、もう押しとどめられないところまで来ていた。このまま徳川が流れに逆らおうとしても、すでに大勢は決している。たしかに徳川の持つ兵力、武力は大きいが、敵対している連中を一撃で蹴散《けち》らすほどのものではない。

断末魔のあがきは、無駄に人命を損耗させる。一度退《ひ》くことで、相手が振りあげた拳《こぶし》の行き先を失わせる。倒幕の目的は、徳川家が持っている大政を朝廷へ返させることであった。大政奉還をしてしまえば、薩摩や長州が徳川を攻める大義名分がなくなる。

大政奉還をしたにもかかわらず徳川を追い討つとなれば、それは薩摩、長州の私怨《しえん》になる。

「関ヶ原の恨みを晴らすに朝廷を利用した」

こうなれば、一気に情勢はひっくり返る。

朝廷へ大政を返させ、徳川では対処できない諸外国の横暴を抑える。その名分があるからこそ、薩摩、長州以外の大名も従っているのだ。

誰も薩摩、長州の恨みのために、自家の兵を消耗したいとは思わない。

大政奉還は、まさに徳川が取り得る最高の手段であった。

また、潔《いさぎよ》く退いたことで、徳川慶喜の罪を問うこともできなくなった。将軍を辞めさせられたとはいえ、徳川家が最大の大名であることに変わりはなかった。朝廷がどのような新体制を取るかは不明だが、徳川を無視しておこなえるものではない。

最大の領地だけでなく、譜代《ふだい》大名たちという与力を抱える徳川家を無視しての政《まつりごと》は不可能である。

その徳川に朝廷は辞官納地を命じてきた。

大政を奉還したとはいえ、慶喜はいまだ内大臣の官位を持つ。そして徳川家の領地は四百万石以上あり、外様大名を合わせたすべてに匹敵する。その両方を朝廷は取りあげると言い出したのだ。

「ふざけるな」

旗本が憤慨したのも無理はなかった。旗本の禄《ろく》は徳川家の領地に含まれている。慶喜が辞官納地をしてしまえば、己の知行《ちぎよう》も扶持《ふち》もなくなってしまう。明日から浪人になるのと同じであった。

「薩長の策謀だ」

「君側《くんそく》の奸《かん》を取り除くべし」

旗本たちが興奮したまま、京を目指した結果が、敗戦であった。

しかし、負けたとはいえ、討ち死にや負傷は思ったほど多くはない。薩摩の放った一発の鉄炮《てつぽう》に驚いた滝川播磨守が逃走、指揮する者を失った幕府軍が勝手に崩壊しただけで、一部伏見《ふしみ》奉行所攻防などで新選組《しんせんぐみ》、会津《あいづ》藩兵に死者は出たが、旗本御家人はほとんど無事であった。

「者どもよ」

篝火《かがりび》が用意されるころに、慶喜の謁見が始まった。

「……堅固な大坂城に拠《よ》り、薩摩、長州らの軍を防ぎつつ、機を見てふたたび京へ兵を進める。一同、励め」

慶喜は決して負けはしない、かならず天下をもう一度取り戻すと、多くの家臣たちの前で宣言した。

「万の兵がたとえ一兵になろうとも、退くことはかなわず」

最後に慶喜は覚悟のほどを言葉にして大広間を後にした。

「おう」

「目に物見せてくれようぞ」

集まっていた旗本たちが気炎を揚げた。

「よきかな、よきかな」

榎本釜次郎も興奮した。

「前祝いじゃ」

「英気を養うぞ」

城中のあちらこちらで酒を酌み交わす姿が見られた。

「海軍は無敵ぞ」

そのなかに榎本釜次郎もいた。

榎本釜次郎が上機嫌なのは、本日未明、薩摩藩島津家の軍艦春日丸《かすがまる》、輸送船二隻《せき》と交戦、春日丸と輸送船平運丸《へいうんまる》は逃したものの、輸送船一隻を陸地近くまで追い詰め、自焼させているからだ。こちらに被害が一切なかったことも併せて、榎本釜次郎はこれを勝利としていた。

「さあ、ここからが海軍の出番である」

榎本釜次郎が、自負を口にした。

大坂城を東に望む天保山《てんぽうざん》沖には、幕府海軍の軍艦がその勇姿を見せていた。旗艦開陽丸を始めとして、回天《かいてん》、蟠竜《ばんりゅう》、観光《かんこう》などの軍艦、千代田《ちよだ》、咸臨丸《かんりんまる》などの輸送艦がひしめいている。

「副将」

自室で休んでいた開陽丸副将澤太郎左衛門貞説《さわたろうざえもんさだとき》のもとへ、甲板当直士官が駆けこんできた。

「どうした」

自室で日記を書いていた澤太郎左衛門が振り向いた。

「エ、英吉利《エゲレス》艦より短艇《カッター》が、参っておりまする」

「英吉利艦から……」

甲板当直士官の報告に、澤太郎左衛門が怪訝《けげん》な顔をした。

たしかに天保山沖には、諸外国の軍艦も停泊している。しかし、すでに日が落ちて、辺りは暗い。そんな頃合いに短艇を寄こすのはまず珍しい。

「用件を問うたか」

澤太郎左衛門が確認した。

「そ、それが……」

まともにしゃべれないほど、甲板当直士官は動揺していた。

「どうした、はっきり言わぬか。伝令の役目はなにがあっても落ち着いて、的確な報告をすることであるぞ」

海軍だけでなく、すべての軍人に通用する注意を澤太郎左衛門がした。

「ごくっ」

甲板当直士官が一度口の渇きを癒《い》やすように、唾液《だえき》を飲みこんだ。

「英吉利艦の短艇に……う、上様がご座乗なされておられるとのことで、ございまする」

征夷大将軍を辞めたことで、徳川慶喜は公方《くぼう》という称号を使えなくなっていた。

「なんだとっ」

聞いた澤太郎左衛門が絶句した。

「それは真《まこと》か」

「お姿は拝見いたしておりませぬが……上様とご老中板倉周防守《いたくらすおうのかみ》さま、会津中将さま、桑名《くわな》公もご同行のよし」

さらなる衝撃を甲板当直士官が投げつけた。

「ば、馬鹿な……」

一瞬、澤太郎左衛門が唖然《あぜん》とした。まさに大坂にいる重要人物すべてであった。

「………」

「副将、いかがいたしましょう」

報告を終えて落ち着いた甲板当直士官が、澤太郎左衛門を促した。

「い、今行く。ただちに総員起こしをかけろ。あと、艦将室を開けろ。上様にお入りいただく」

大政奉還で一応幕府は崩壊した。しかし、幕臣、旗本にとって、幕府と徳川家は一体であり、いまだに健在なのだ。

不意の来訪であろうとも、慶喜を甲板にいさせるわけにはいかなかった。

「はっ」

甲板当直士官が走り去った。

「……なんだ」

艦将の榎本釜次郎がいないあいだは、開陽丸のすべては澤太郎左衛門の責任になる。ここから先の判断は、澤太郎左衛門がしなければならない。

「とりあえずは、お出迎えじゃ」

澤太郎左衛門が伝令以上に焦って副将室を出た。

開陽丸は慶応二年（一八六六）十月にオランダで造船され、昨年三月に日本へ着いたばかりの新造船である。船体は木造ながら欧米でも最新となる一軸スクリュー推進を備え、武装も大砲二十六門を備えた東洋最強をうたわれた軍船である。当然、舷側《げんそく》も高く、短艇から乗り移るには縄ばしごを使用しなければならなかった。

「灯《あか》りをもっと持ってこい。昼間のごとく照らせ」

澤太郎左衛門が大声で甲板員に指図を出した。

わずか数メートルとはいえ、慶喜を始めとする大名たちは縄ばしごを使った経験はない。

揺れ動く海の上で、たわむ縄ばしごは慣れていても難しい。それこそ手を放したり、足を踏み外して海へ落ちれば、命にかかわる。万一に備えて、澤太郎左衛門は腰に帯びていた脇差《わきざし》を外し、いつでも飛びこんで助けるつもりではいるが、それでも危険はある。なにせ、慶喜以下の大名は、誰一人として泳げないのだ。

泳ぎを知らない者ほど、落水したときにあがく。なんとかして浮きあがろうともがく。なにもせずに力を抜いていれば、救助が来るまで浮いていられるが、それは水練《すいれん》の経験がある者だからこそできる。溺《おぼ》れまいとして暴れる者を助けるのは大変であった。藁《わら》をも摑《つか》む思いで全身の力でしがみついてくる相手に巻きこまれて、水練の達者な者が溺れた例は多い。

「一段ずつでお願いつかまつりまする」

急いで上がろうとする老中板倉周防守に澤太郎左衛門が指示をした。

「……くっ」

わずか数段の縄ばしごを板倉周防守が必死の形相で上がってきた。

「お手を」

澤太郎左衛門が板倉周防守の右手を摑んで、甲板へ引きあげた。

「まったく、船の形は皆似ておる。おかげでまちがえて英吉利の船に小舟を着けてしまったわ」

板倉周防守が愚痴を漏らしながら、なぜイギリスの短艇で開陽丸まで来たのかを説明した。

「あの……」

「ご無礼あるな、上様じゃ」

なぜ来たのかという事情を尋ねようとした澤太郎左衛門に、板倉周防守が次は慶喜が上がってくると告げた。

「はっ」

あわてて澤太郎左衛門が振り返った。

旗本として将軍に会うことはあった。とはいえ、たかが数百石ていどでは顔が判別できるほど近づくことは許されていない。ずっと平伏しているはるか遠くに座している、それこそ神のような方であった。

その神の手を今、澤太郎左衛門は握ろうとしていた。

「畏《おそ》れ入りまする」

恐縮しながら澤太郎左衛門が慶喜を引っ張りあげた。

その後に会津藩主松平容保《まつだいらかたもり》、桑名藩主松平定敬《さだあき》、老中酒井《さかい》雅楽頭《うたのかみ》、最後に慶喜の妾《めかけ》お芳《よし》の順番で移乗は終わった。

「さんきゅうべりーまっち」

舷側から澤太郎左衛門は一同を運んできてくれたイギリスの短艇に礼を述べた。

「…………」

無言で手を振って応《こた》えた短艇が離れていった。

「澤……」

「このようなところではお話もできませぬ。どうぞ、艦将室へお運びくださいますように」

話しかけようとした板倉周防守を今度は澤太郎左衛門が制し、一同を促した。

開陽丸は三百人いれば、運用、航海、戦闘をこなせる。だが、船自体は五百人までなら乗りこめるようになっている。もちろん、全員に部屋が与えられるわけもない。開陽丸で個室を持っているのは、艦将と副将、航海長の三人だけで、あとは雑魚寝《ざこね》に近い。

「おおっ」

「これは、すごい」

艦内の第二甲板上に並べられた大砲に松平容保、松平定敬の兄弟が感嘆していた。

「こちらが開陽丸の誇りまする十六センチクルップ砲でございまする。これならばどれほど堅固な城の石垣でも一撃で破壊できまする」

「いくつ積んでいる」

松平容保が食いつくように訊《き》いてきた。

「十八門ございまする」

「……十八門もか。それは頼もしい」

澤太郎左衛門の答えに、松平容保がうなずいた。

「この開陽丸ある限り、海軍は無敵でございまする」

オランダから日本への曳航にもかかわった澤太郎左衛門は、開陽丸を誇りに思っている。

「急ぎ案内せい」

胸を張って自慢した澤太郎左衛門をふたたび老中板倉周防守が叱《しか》った。

「これはご無礼を」

慶喜を立ち止まらせたと気づいて、澤太郎左衛門はあわてて謝罪した。

「どうぞ、こちらでおくつろぎくださいますよう」

澤太郎左衛門は一同を艦尾にある艦将室へと招き入れた。

「狭いな」

老中板倉周防守が不満そうな顔をした。

艦将室は開陽丸でもっとも広く、豪華な個室ではあるが、それでも四畳ほどしかなかった。そこに執務室、寝床、応接を兼ねた作戦机と椅子四脚が置かれているのだ。五人も入れば、まともに身動きもできなくなる。そこに慶喜の妾お芳を含めて六人も詰めこんだとなれば、それこそ肩が触れ合うほどになった。

「……………」

なかでも女のお芳は、部屋の隅で身を小さく屈《かが》めて、泣きそうな顔をしていた。

「申しわけございませぬ。なにぶんにも船のなかは限られておりまして」

「よい」

入室を遠慮した澤太郎左衛門の謝罪に慶喜が手を振った。

「ただいま、湯茶を」

「待て」

従卒に指示を出そうとした澤太郎左衛門を慶喜が止めた。

「そなた、名前は」

「はっ。澤太郎左衛門貞説でございまする。軍艦頭並《がしらなみ》を仰せつかっておりまする」

澤太郎左衛門が通路で平伏して答えた。

「軍艦頭並というならば、この船を動かせるな」

「できまする」

慶喜の確認に澤太郎左衛門が首肯《しゅこう》した。

「では、躬《み》を……余を江戸へ運べ」

躬は将軍だけが使える自称であり、今の慶喜にはふさわしくない。慶喜は自ら自称を変えた。

「えっ……」

命じられた澤太郎左衛門が唖然とした。

いかに海上にあるとはいえ、大坂城までは短艇で小半刻《こはんとき》(約三十分)もかからない。鳥羽伏見の戦いの結果も、それを受けて慶喜が抗戦を宣言したとかの話も届いていた。

「聞こえなかったのか。上様は江戸へお帰りになると仰せになられたのである」

老中板倉周防守が唖然としている澤太郎左衛門を睨《にら》みつけた。

「上様、やはり将兵を見捨てて……」

「黙れ」

口を挟んだ松平容保を慶喜が叱責《しっせき》した。

「余は朝廷に矛《ほこ》を向けるわけにはいかぬ。余は勤王《きんのう》である」

「勤王はわたくしもでございまする。ですが、今の朝廷は薩摩、長州に支配されておりまする。薩摩、長州、そしてそれに与《くみ》する不埒《ふらち》な公家《くげ》どもが偽勅《ぎちょく》を出し、幕府を、徳川を滅ぼそうとしております る」

「黙れと申した」

「ですが……」

「本家の命ぞ。分家の分際で余の考えに口を出すな」

まだ説得しようとする松平容保を慶喜が怒鳴りつけた。

「……ご無礼をいたしました」

松平容保が頭《こうべ》を垂れて退いた。

「わかったな。船を出せ」

「お、お待ちを。この船の艦将、軍艦奉行並の矢田《やた》堀讃岐守《ほりさぬきのかみ》も上陸いたしており、不在でございまする。すぐに呼び戻しますゆえ、しばしのご猶予を」

榎本釜次郎の他に大坂湾に集まっている幕府軍艦のすべてを差配する矢田堀讃岐守鴻《こう》も大坂城にいる。澤太郎左衛門は判断を上役に任せるつもりで、二人の帰艦を願った。

「ならぬ。ことを知った城中の者どもが騒ぎ出しては面倒である。ただちに出せ」

「……はっ」

主命とあれば、逆らえないのが旗本であった。

澤太郎左衛門は出航の準備にかかるため、急ぎ足で慶喜のもとから下がった。

「……まさか、こんなことが……兵を残して将が戦場を離れる」

艦将室を出た澤太郎左衛門が呆然《ぼうぜん》とした。

「これが上様、武家の頭領だと……終わった」

澤太郎左衛門の目から力が抜けた。


翌朝、榎本釜次郎は城中の騒ぎで目を覚ました。

「和泉守……」

矢田堀讃岐守が慌ただしく襖《ふすま》を開けて入ってきた。

「いかがなされました……薩長が攻め寄せて」

その顔色に榎本釜次郎が緊張した。

「より悪い。上様がおられぬ」

「えっ……」

「上様だけではない。老中板倉周防守さまも会津公も桑名公も……お姿がない」

「馬鹿な……」

震えながら告げる矢田堀讃岐守に榎本釜次郎が首を横に振った。

「上様は逃げられたのだ」

「昨日、抗戦を宣せられたばかりでございますぞ」

「さらに……大坂湾から開陽丸が消えている」

まだ信じられないと言う榎本釜次郎に矢田堀讃岐守が肩を落とした。

「……まさか」

榎本釜次郎が部屋を飛び出し、大坂湾へと急ぎ馬を走らせた。

「……ない」

三本マストに煙突、特徴といえる長く舳先《へさき》から伸びるバウスピリット、一目でわかる艦影、建造時からつきあっている榎本釜次郎が見間違えるはずのない開陽丸、その姿がどこにもなかった。

「徳川が負けた」

慶喜と開陽丸が大坂を離れた。大将と最新鋭艦がいなくなる。その意味するところに榎本釜次郎は気づいた。

「ああああああ」

ゆっくりと崩れ落ちた榎本釜次郎が、他人目《ひとめ》もはばからず号泣した。

慶応四年（一八六八）一月、大坂の空は蒼《あお》く澄んでいた。

二

大坂を捨てた。いや、大坂で捨てられ、置きざりにされた旗本たちが、這々《ほうほう》の体《てい》で江戸へ戻るころには、天下はすでにその大勢を決していた。

「朝敵」

突きつけられた汚名に徳川家は孤立した。かろうじて江戸をこえねば京へ軍勢を送れない奥羽越《おううえつ》の諸藩が徳川家に同情していたが、箱根《はこね》以西の大名はすべて朝廷のもとへ参集し、討伐軍となっていた。

「いい加減にしねえか」

品川《しながわ》に集結している徳川家海軍の旗艦開陽丸を訪れた陸軍総裁勝海舟安芳《かつかいしゅうやすよし》が、あきれた。

「このままでは終われませぬ」

残っていた軍艦をまとめて江戸へ戻ってきた榎本釜次郎が反論した。

「徳川はなにもしていない。鳥羽伏見の戦いが不遜《ふそん》だというならば、御所を襲った長州の蛤《はまぐり》御門の変こそ厳罰に処されるべきでございましょう」

「はああ」

大きくため息を吐《つ》いた勝海舟が、榎本釜次郎の後ろに立つ澤太郎左衛門へと顔を向けた。

「おい、鉄太郎《えいたろう》。おめえも同じ考えか」

「このままでは終われぬという点において、同意でございまする」

勝海舟に問われた澤太郎左衛門が答えた。

「ほう」

すっと勝海舟が目を眇《すが》めた。

「薩摩や長州のやり方に思うところはねえと」

「思うところは多々ございますが、敗軍の将は兵を語らずでございますれば」

確認した勝海舟に、澤太郎左衛門が答えた。

「じゃあ、なんでこんなまねをする」

勝海舟が艦将の榎本釜次郎ではなく、澤太郎左衛門に尋ねた。

「納得がいかないのでございまする」

「…………」

無言で勝海舟が澤太郎左衛門を促した。

「安政《あんせい》四年（一八五七）に長崎海軍伝習所へ入所いたして以来十年余、ずっと海軍のことを学んで参りました」

「……おめえは優等だったな」

長崎海軍伝習所の先輩であった勝海舟が澤太郎左衛門の言葉を認めた。

「その成果が、この開陽丸でございまする」

澤太郎左衛門が両手を広げて、開陽丸を誇示した。

「排水量二千五百九十噸《トン》、全長七十二・八メートル、最大幅十三・〇四メートル、四百馬力蒸気機関、最大速力十海里、十八門のクルップ砲を含め、二十六門の大砲を備える、まさに東洋最強の船」

「知ってるよ。この開陽丸が和蘭陀《オランダ》から来たとき、軍艦奉行だったからな。初めて浜《はま》御殿《ごてん》の庭から開陽丸の勇姿を見たときの感動は今でも覚えている」

勝海舟が同意した。

「この開陽丸も、わたくしも、まだ一度も戦っておりませぬ」

澤太郎左衛門が強く言った。

「ごまかすねえ。一月四日に兵庫《ひょうご》沖でやらかしているだろうが」

勝海舟が指摘した。

「わたくしはあれを戦いとは認めませぬ。ましてや勝ったなどと」

澤太郎左衛門が首を横に振った。

「…………」

腹心の話を榎本釜次郎は無言で聞いた。

勝海舟が口にした兵庫沖の一件とは、鳥羽伏見の戦いの翌日、一月四日に大坂湾でおこなわれた海戦のことであった。

大坂湾は徳川家の海軍が制海権を握っていた。すでに徳川家と敵対していた薩摩藩島津家は京への連絡として軍艦春日丸、輸送船平運丸、翔凰丸《しょうおうまる》の三隻を兵庫港へと置いていた。

その三隻が一月四日の早朝、兵庫港を出帆、鹿児島へ帰ろうとしたのを開陽丸が発見、空砲を放って停船を命じた。鳥羽伏見で戦いが始まったことを知っていた春日丸の艦長赤塚源六《あかつかげんろく》はこれに応じず、逃走を図った。これを榎本釜次郎が追撃、砲撃を加え、春日丸も応戦、開陽丸へ反撃した。

「二十五発も砲撃をして、一発も当たらなかったそうじゃねえか。そんな腕で戦いを言うんじゃねえ」

勝海舟が澤太郎左衛門をたしなめた。

薩摩海軍の春日丸たちと開陽丸は阿波《あわ》沖、紀淡《きたん》海峡近くで開戦、互いに砲撃を加えるが、ともに直撃はなく、春日丸らが逃げたことで戦いは終わりを迎えた。

「…………」

澤太郎左衛門が口をつぐんだ。

「釜次郎、てめえもてめえだ。なぜ、開陽丸だけで追いかけた。回天も蟠竜もいただろうが」

「短艇を下ろして連絡を取っている暇はないと考えたのでございまする」

「旗はなんのためにある」

勝海舟が開陽丸のメインマストの先を指さした。

「我に続けを揚げるくらいの手間はかけられたろうが」

「…………」

榎本釜次郎も沈黙した。

「開陽丸の初陣を、戦果なしなんぞという恥さらしなまねにしておきながら、なにが不満だと。一人前の口をきくんじゃねえ」

勝海舟が叱りつけた。

「次はかならず……」

「ほう、次があるつもりだというか」

抗弁しようとした榎本釜次郎を勝海舟が抑えた。

「ええっ、てめえらはどこと戦争をするつもりだ」

「それは薩長ども賊軍でございまする」

勝海舟の問いに榎本釜次郎が答えた。

「薩長が賊軍かい。つまり、おめえは謀叛《むほん》をおこそうというわけだ。天朝さまに刃《やいば》を向けると」

「そうでは……」

「朝敵となった徳川の海軍だからな。海軍副総裁さま」

榎本釜次郎は大坂へ置き去りにされた後、城内の武器、弾薬、軍資金を輸送艦に搭載して江戸へ帰り、その功績を認められ一月二十三日に海軍副総裁となっていた。

「徳川家を朝敵など、偽勅でございまする」

嘲笑《ちょうしょう》する勝海舟に榎本釜次郎が言い返した。

「偽勅かも知れねえ。だが、天下がそれを認めている。いいか、今や徳川は朝敵なんだよ。朝敵の海軍は、海賊なんだよ」

「なにを……」

言い切られた榎本釜次郎が詰まった。

「矢田堀が泣きついてきたんだよ。おめえたちが言うことを聞かねえとな」

勝海舟が告げた。

やはり慶喜に置き去りにされた矢田堀讃岐守も、江戸へ帰着してから海軍総裁に出世していた。そして矢田堀讃岐守は慶喜から直接恭順《きようじゆん》を語られ、その命に従い、抗戦をあきらめていた。

「まったく、おいらは陸《おか》にあがった河童《かつぱ》の陸軍総裁さまだぞ。陸軍をどうするかもわからねえんだぞ。海軍のことまで面倒みてはいられねえというによ」

勝海舟が愚痴を漏らした。

「戦わずして薩長に降《くだ》れなど、我慢できませぬ」

榎本釜次郎が強く主張した。

「徳川海軍は、多くの船を持ち、東洋最強でござる。それが戦うことなく、旗を降ろすなど」

「大樹《たいじゆ》公と海軍総裁が、そうしろと命じているんだぞ。それをおめえは聞かねえというんだな。不忠者が」

面目を言いたてた榎本釜次郎に勝海舟が怒った。

「やりたいなら、旗本の籍から抜けて、海軍を辞め、船から下りな。一人の浪人として薩長に挑むというなら、おいらは反対しねえよ」

「……うっ」

榎本釜次郎が呻《うめ》いた。

「いいか、開陽丸を含めた海軍はすべて徳川家のものだ。そして徳川家の当主はあのお方よ。それを忘れるな。おまえたちが勝手に船を動かしたら、主家のものを盗んだのと同じになる。盗賊に墜《お》ちるんだ。海賊から盗賊になるんじゃ、あまり変わりはねえかも知れねえが」

皮肉を勝海舟が榎本釜次郎たちに浴びせた。

「さて、おいらは帰るよ。どうも海の上は苦手でね。泊まっていても船は揺れやがる」

勝海舟が嫌そうな顔をした。

長崎海軍伝習所の一期生で、軍艦操練教授所、神戸《こうべ》海軍操練所、海軍所という徳川海軍の歴史すべてにかかわった勝海舟だったが、船酔いする体質であった。幕府からアメリカへ通商条約批准のために送られた渡米使節団の警固を担った咸臨丸の艦将として太平洋を横断もしたが、そのほとんどを船室で寝たままだったほどである。

「鉄太郎、ちぃとつきあいな。短艇まで送ってくれ。どうも剣呑《けんのん》でならねえ」

勝海舟が澤太郎左衛門を呼んだ。

矢田堀讃岐守の慰撫《いぶ》を受けつけず、榎本釜次郎の主戦論に徳川海軍は染まっている。そんなところに薩摩や長州に知人があり、慶喜の恭順を説いて回っている勝海舟が来たのだ。開陽丸の乗組員が殺気立つのは当然である。事実、艦将室を出た勝海舟に見えるよう刀の柄《つか》を握っている者が数多くいた。

「はっ」

その信頼に応えるよう、澤太郎左衛門が勝海舟の右に付き従った。

武士は左腰に刀を帯びる。そのため抜き撃ちに右は斬《き》れても、左は一度刀を翻さなければならない。つまり右に立つというのは、相手を信用しているか、命を預けるかのどちらかを意味していた。

「艦将……」

榎本釜次郎の海軍副総裁就任に伴って、澤太郎左衛門は開陽丸の副将から艦将へと異動している。その艦将が勝海舟の盾になっている。薩長と親しい勝海舟を成敗しようと考えた連中も艦将を巻きこむわけにはいかないと逡巡《しゅんじゅん》するしかなかった。

「陸軍総裁への無礼は許さぬ」

澤太郎左衛門が厳しく一同に命じた。

「……………」

不満げな顔だが、一同が一歩退いた。

「よくしつけているな」

勝海舟が感心した。

「軍艦で上の指示は絶対でございまする」

「立派なせりふだが、上様のお指図に従わぬ者が言っても、重さを感じねえぞ」

澤太郎左衛門の自慢に勝海舟が首を竦《すく》めた。

「あのお方は主君ではございませぬ」

すっと澤太郎左衛門が目を眇《すが》めた。

「……はああ」

勝海舟がため息を吐いた。

「おめえは、あいかわらず、外と内じゃ熱さに差がある」

「人というのは、そうそう変わりませぬ。勝先生も同じでしょう」

澤太郎左衛門が無表情に返した。

「違《ちげ》えねえな」

勝海舟が苦笑した。

「辛抱できねえか」

「できませぬ。このまま開陽丸を、艦たちを薩長に引き渡すことなど」

打って変わって澤太郎左衛門が嫌悪を露《あら》わにした。

「全部は無理だぞ。なにせおいらは陸軍総裁だ。陸軍ならば融通を利かせられるが、海軍への口出しは、反発が強い」

「わかっておりまする」

澤太郎左衛門がうなずいた。

「頑張っても十隻だ」

「十分でございまする」

告げた勝海舟に澤太郎左衛門が一礼した。

「開陽丸はかならず、そのなかに入れてやる。その代わり、馬鹿はしてくれるな。大坂湾で薩摩藩の船にしたようなまねは、なんとしてでも止めろ。釜次郎を抑えろよ。品川で開陽丸の大砲が一発でも火を噴けば、すべての話はなくなる」

「承知」

釘《くぎ》を刺した勝海舟に澤太郎左衛門が首を縦に振った。

「弾薬の手配は大丈夫だろうな。弾《たま》と炸薬《さくやく》がなければ、クルップ砲も宝の持ち腐れ、どころかただの重石《おもし》だ」

「ぬかりはございませぬ」

勝海舟の念押しに澤太郎左衛門が答えた。

「さすがだ」

いつの間にか、開陽丸の舷側に勝海舟と澤太郎左衛門は着いていた。

「……お城が見える。やっぱり見事だ。まさに天下第一の城」

品川沖から江戸城はよく見えた。

「美しゅうございますな」

澤太郎左衛門も同意した。

「それも見納めだ。城は徳川のものではなくなる」

「はい」

並の旗本ならば激昂《げっこう》して勝海舟に斬りかかってもおかしくない話にも、澤太郎左衛門は平然としていた。

「なにせ、城には将軍がいない。十四代家茂《いえもち》さまが長州征伐に出かけられた慶応二年から」

勝海舟が目を閉じた。

十五代将軍となった慶喜は京で将軍に就任し、十カ月後、やはり京で辞任している。徳川十五代で初めて慶喜は江戸城に将軍として入らなかった。

「……何度も機はあった。いくらでも筋書きは変えられた。薩摩や長州ごときに江戸の地を好きにさせずともすんだ」

悔しそうに勝海舟が口にした。

「それをあのお方はことごとく潰《つぶ》してくれた。勝、任せたと言いながら、裏で真反対のまねをしてくれる」

勝海舟が拳を握りしめた。

第二次征長の最中に十四代将軍家茂が二十一歳という若さで急死、戦況も思わしくなかったことから幕府は継戦を断念、和睦《わぼく》へと舵《かじ》を切った。その使者として選ばれたのが勝海舟であった。薩摩の西郷《さいごう》、長州の桂《かつら》たちと親しいとして役目を剝奪《はくだつ》され、屋敷での蟄居《ちっきょ》を命じられていた勝海舟を慶喜は呼び出した。薩摩、長州に人脈を持っていることを認めての抜擢《ばってき》であった。

勝海舟は自ら安芸《あき》の宮島《みやじま》まで出向き、幕府旗本という上からではなく、同格の国を憂える者として長州の広沢真臣《ひろさわさねおみ》、井上馨《いのうえかおる》らと交渉し、なんとか停戦に持ちこんだ。

しかし、その裏で慶喜は朝廷へ斡旋《あっせん》を頼み、停戦の勅命を出してもらうことに成功し、勝海舟の交渉は無意味なものになった。だけでなく、勝海舟の行動は勅が出るまでの時間稼ぎだと疑われ、信用は地に墜ちた。

「賢いというだけ。じつは他人を信用できぬ一人よがりのお方を主君に選んだのがまちがいでございました」

「家臣を信じられねえ主君か。上がいつ心変わりするかわからないようでは、命なんぞかけられねえわな」

「まさに」

澤太郎左衛門が同意した。

「おいらを海軍に戻さねえのもそうだ。海軍はおいらの古巣だ。同調する者もいるだろう。対して陸軍は薩長に近いおいらを嫌っていることで知られている。総裁といえども部下が言うことを聞かなければ、飾り。実権はない」

勝海舟は長崎海軍伝習所以来、ずっと海軍にかかわってきた。その勝海舟に全権を委任しておきながら、慶喜は陸軍総裁として足かせを嵌《は》めていた。

「徳川にはこんな姑息《こそく》なのしかいねえというのが、問題だよ」

「ご老中方も。上ほど肚が据わっていないのは不幸でございまする。滅びとはそういうものなのでございましょうが……」

「おめえもきついな」

澤太郎左衛門の感想に勝海舟が頰《ほお》を引きつらせた。

「源氏《げんじ》も足利《あしかが》も末路は同じでございました。いつの間にか天下を統《す》べるだけの器量を持ったお方がいなくなった」

「源氏は三代、足利は十五代、徳川も十五代。まあ、保《も》ったほうだな」

「ずっと続くと思っておりました」

二人が顔を見合わせた。

「晩節を汚《けが》した者に世間は冷たいぞ」

「わかっておりまする。なれど艦に責任はございませぬ。せめて東洋最強の名を虚《むな》しくはできませせぬ」

「じゃ、行くぜ」

澤太郎左衛門の想《おも》いには応えず、勝海舟が縄ばしごに足をかけた。

「いい船だ。ちゃんと使ってやれよ。二十五発撃って当たらねえなんぞ、開陽丸のせいじゃねえ、乗り組んでるおめえらの腕が悪いんだ」

「恥じ入りまする」

苦言に澤太郎左衛門が気まずそうに頭を下げた。

「よしっ」

澤太郎左衛門と勝海舟が離れたのを見た乗組員が、小銃を取り出した。

「止《や》めい」

両手を広げて澤太郎左衛門が、勝海舟をかばった。

「艦将……」

乗組員が不満そうな顔をした。

「勝先生にとって代わって、薩長と交渉をやるだけの気概と自信があるならば、引き金を引け」

「それは……」

澤太郎左衛門に言われた乗組員が目を逸《そ》らした。

「徳川の重さを、あの御仁ほど感じておられる方はない。拙者には無理だ」

遠ざかっていく勝海舟の背中に澤太郎左衛門が一礼した。

「和蘭陀《オランダ》からのつきあい。開陽丸の面倒を最後まで見るのが拙者にできること」

澤太郎左衛門が背筋を伸ばした。

三

海の上はまだ穏やかであった。海軍は榎本釜次郎のもと品川沖で待機していたが、陸軍からの脱走が相次いだ。

まず二月五日、フランス軍事顧問団の指導を一年ほど受けた伝習兵四百人余りが脱走した。続けて七日、幕府歩兵十一連隊、十二連隊が脱走した。おおよそ、三千人近い洋式歩兵が徳川家の指揮下から離れた。

これは徳川家の行く末への不安からであった。

江戸へ戻ってきた当初、慶喜は駿府《すんぷ》城の警固に歩兵を出し、古河《こが》藩に神奈川を、松本《まつもと》、高崎《たかさき》の両藩に碓氷峠《うすいとうげ》を警備させ、目付を箱根、碓氷の関所へ派遣するなど、関東の領地死守の姿勢を見せた。さらにフランス公使のロッシュを江戸城へ招き、徳川を朝敵としたのは一部の公家、外様大名による陰謀で、帝《みかど》は己の意思をあきらかにできない監禁状態にあると説明、支持を求めた。

「やはり上様は、薩長と交戦されるおつもりだ」

まだ己たちの実力を知らず、薩摩、長州などを侮《あなど》っており、慶喜の弱腰を批判して

いた鳥羽伏見に参加していなかった旗本、御家人はこれらの対応を受けいれていた。

しかし、その準備が終わる前に慶喜が豹変《ひょうへん》した。

「尾張《おわり》徳川家、新政府へ恭順」

一月末、江戸へ衝撃の一報が届いたのだ。

徳川家康が西からの敵を防ぐことを目的として設けた徳川家の一門筆頭、東海道《とうかいどう》、中山道《なかせんどう》の両方をその領地に納める六十二万石という大藩が陥落したのだ。

慶喜が逃げ出した後の大坂城を旗本たちから受け取り、鳥羽伏見の戦いの後始末のため京に在していた尾張徳川慶勝《よしかつ》は朝廷からの密命を受けて帰国、家老渡辺新左衛門《わたなべしんざえもん》、大御番頭榊原勘解由《さかきばらかげゆ》を始めとする佐幕派十四名を斬首《ざんしゅ》、朝廷側に立つと表明した。

「これまでじゃ」

一門にも見捨てられた慶喜は一気にその気力を落とし、周囲に新政府への詫《わ》びをどうするかなどを相談するようになった。

「情けなし。頼むに能《あた》わず」

戦わずしての敗北を受けいれられなかった陸軍の兵たちが、装備ともども江戸を脱したのも無理はなかった。

「阿呆《あほう》の面倒まで見てられねえよ」

勝海舟も一度は脱走した連中の説得に出向いたが、逆に鉄炮を突きつけられて追い返される始末となり、早々と手を引いた。

「断末魔につきあいたくねえ連中は、出ていけばいいいやね」

勝海舟は武器、弾薬、軍資金まで与えて、脱走を奨励した。

とくに二月十二日、慶喜が謹慎恭順を実のあるものとすると江戸城から出て、寛永《かんえい》寺《じ》へ移ってからは、それこそ櫛《くし》の歯が抜けるように陸軍や旗本などの脱走が相次いだ。

「なにを考えている」

海軍でも勝海舟のやることに、皆が首をかしげていた。

「徳川の陸軍はずたずただ。勝ごときに総裁など重すぎる」

「薩摩、長州と近いのだ。おそらく後々の約束なんぞもあるんだろう」

「大名にでもしてもらうつもりではないか」

海軍士官から悪口雑言が放たれた。

「いや、それはないな」

榎本釜次郎が否定した。

「大名になりたいならば、もっと前に上様へすり寄っていただろう」

「でございますな。船に弱いのと同じく、世渡りも苦手でおられる」

澤太郎左衛門も同意した。

「ですが、陸軍は……」

「陸は陸、海は海じゃ。我らがどうこう申したところで、陸までは届かぬ」

榎本釜次郎が気にするべきではないと言った。

「海軍はあのような分断はせぬ。一枚岩となって薩長に圧力をかけ続ける」

「おうっ」

「わかっておりまする」

榎本釜次郎の言葉に士官たちが声をあげた。

「いつでも動けるように、整備を怠るな」

「はっ」

指図を受けて士官たちが去っていった。

「鉄太郎、訓練ができぬのは痛いな」

「多少の融通は受けられましたが……」

艦将室に残った榎本釜次郎と澤太郎左衛門が眉間《みけん》にしわを寄せた。

幕府海軍であったころに、開陽丸、回天、蟠竜などの軍艦に使用する砲弾は相当買いこんでいた。

しかし、徳川と新政府が戦争状態になったことで、諸外国が局外中立を宣言、あらたな補給が難しくなった。いや、なにより恭順を言い出している慶喜が徳川家の当主なのだ。抗戦を叫んでいる榎本釜次郎の配下にある海軍に武器弾薬、燃料の購入費用を出してくれるはずもなかった。

「十八万両はあるが……」

「戦争になれば、そのくらいではとても」

大坂城の金蔵から持ち出した十八万両を、榎本釜次郎は輸送艦に積んだままにしている。大金には違いなかったが、数多い船を動かし、乗組員を喰《く》わせ、そのうえ戦闘までとなると、甚《はなは》だ心許《こころもと》なかった。

「訓練ができぬというのは……」

「技術が上がりませぬ」

榎本釜次郎と澤太郎左衛門が悩んだ。

「いかに十六センチクルップ砲が強力だとはいえ、当たらなければどうということはない」

阿波沖海戦で、一発も命中弾を出せなかったという忸怩《じくじ》たる思いが榎本釜次郎にはあった。

「石炭も余裕はございませぬ」

澤太郎左衛門も難しい顔をした。

咸臨丸のような帆船であれば石炭はなくとも動けるが、開陽丸や回天などは蒸気機関を使用している。マストもあり帆走も可能ではあるが、風任せでの戦闘など勝負《はなし》にならない。

「砲撃準備までの訓練を重ねるしかないな」

「今は、それで辛抱するしかございませぬ」

榎本釜次郎と澤太郎左衛門が苦い思いでうなずき合った。

新鋭艦ほど装備の扱いは難しくなる。

クルップ砲は世界初の全鋼鉄製後装砲で、旧幕軍の前装砲とは作りも装填《そうてん》方法も使用する弾薬も違う。当然、弾込めから照準、発射までの手順を覚えなければ、とても使えたものではなかった。

また開陽丸も同じであった。当時としては最新のスクリュー推進を採用しているため、従来の外輪船とは操艦の具合がまったく違った。スクリューのほうが小回りは利くが、外輪船と違って蒸気機関が一つしかなく、力に欠ける。それらを熟知したうえで挑まないと、それこそ勝海舟の言う通り、宝の持ち腐れであった。

「なんとかお願いをしてみましょう。せめて石炭だけでも」

「勝さんにか」

先輩だとはいえ、遠慮のない勝海舟のことを榎本釜次郎は苦手としていた。

「他にどなたが」

嫌そうな顔をした榎本釜次郎に澤太郎左衛門が問うた。

「むうう」

榎本釜次郎が唸《うな》った。

海軍の兵員すべては榎本釜次郎が把握している。しかし、陸上に保管されている石炭や火薬などの管理は海軍総裁の矢田堀鴻が握っていた。

「……頼む」

「承知いたしましてござる」

澤太郎左衛門が首肯した。

新政府軍は着々と東海道、中山道を東へと侵攻してきていた。

「通さぬ」

「徳川家の恩を忘れじ」

主要街道には譜代大名が多く配置されていた。本来ならば、城を盾に新政府軍の通行を阻害、あるいは撃破しなければならないはずであった。

「恭順いたしまする」

「ご指示を」

だが、すべての大名が新政府軍へ抵抗するどころか、率先して兵を差し出す始末である。

街道を進めば進むほど、新政府軍は増強されていった。

徳川家を脱走した陸軍伝習隊《でんしゅうたい》が、そんな裏切り者の城や陣屋へ攻めかかるが、おもわしい戦果は出ない。やはり補給の問題が大きな障害となっていた。

なかでも新式後装銃が問題であった。

先込め式の火縄銃ならば、直接火薬を銃身に詰め、その上に鉛の玉を置くだけでいい。火薬はそのままで保管でき、玉も鉛さえあれば型に入れて簡単に作れた。なにせ鉛の融点は低い、それこそ戦場でたき火を使って生み出すこともできる。威力や正確さには劣るが、補給という点だけで考えれば火縄銃は新式銃より数倍扱いやすかった。

だが、後装銃の持つ優位性をひっくり返すほどではない。先込め火縄銃だと、熟練した兵士でも次発を撃つまでにかなりのときがかかる。火薬の滓《かす》で汚れた銃身を掃除し、新しい火薬を突き固めて玉を入れなければならない。その間に新式銃なら十発は撃てる。さらに火縄銃ではせいぜい四十間（約七十二メートル）ほどしか効果がないが、新式銃だと百五十間（約二百七十メートル）は届く。武器としての性能では、隔絶した差があった。

しかし、後装銃には弾と火薬、炸薬が一体となった銃弾が要《い》った。この銃弾を製造するには特殊な機械が要り、今の日本では薩摩だけが持っている。徳川家はフランスから銃弾を買い取っており、自前の製造機を購入してはいなかった。

もちろん、脱走のときに持っていけるだけ持っていってはいるが、そんなものは数回戦闘すればなくなってしまう。

澤太郎左衛門は榎本釜次郎とともにオランダ留学をしていたとき、プロシアとオーストリア帝国の間に起こった戦争の見学をしており、クルップ砲の威力を支えるのがいかに膨大な消耗か思い知っていた。

「勝先生はどちらに」

慶喜の去った江戸城は閑散としていた。

すでに老中たちは慶喜によって罷免《ひめん》され、諸藩の大名たちも徳川家が将軍でなくなった以上、その機嫌を取るために登城することはない。

澤太郎左衛門はすることもなく、手持ち無沙汰《ぶさた》にしているお城坊主に尋ねた。

「勝陸軍総裁さまならば、たぶん、御用部屋に」

「御用部屋……」

澤太郎左衛門が一瞬戸惑った。

御用部屋は徳川家における執政の場であり、老中など許された者以外の入室は禁じられている。つい幕臣だったときの習慣で、澤太郎左衛門は入っていいかどうかを悩んだ。

「襖《ふすま》は開けっぱなしでございますよ」

なかに誰がいるか、一目でわかるとお城坊主が続けた。

「そうか。助かった」

澤太郎左衛門が一礼して、お城坊主から離れようとした。

「徳川はどうなるのでございましょう」

お城坊主が不意に問いかけてきた。

「お家が潰れてしまえば、わたくしどもはどうやって……」

振り向いた澤太郎左衛門の目に不安そうなお城坊主の姿が映った。

「徳川家は潰れぬ。潰させぬ。そのために海軍はある」

澤太郎左衛門が告げた。

「おおっ」

お城坊主が喜色を浮かべた。

「…………」

それだけを言って、澤太郎左衛門は御用部屋へと向かった。

江戸城表御殿の最奥、御用部屋には勝海舟しかいなかった。

「おう、鉄太郎じゃねえか」

暇そうに煙管《きせる》を咥《くわ》えていた勝海舟が手を挙げた。

「他のお方は……」

澤太郎左衛門が首をかしげた。

「会計総裁の大久保《おおくぼ》さんは、上野の寛永寺で上様をご説得だ」

「上様を説得とは」

「徳川家の存亡を決めるのは、上様のご処分しだいだからな。こちらとしては駿河《するが》と三河《みかわ》、遠江《とおとうみ》で百万石を田安亀之助《たやすかめのすけ》さまに、隠居した上様は水戸《みと》でお慎みと願っているんだが……向こうがうんと言わねえ。当たり前だな。陸軍の馬鹿が脱走してあちこちで騒動を起こしてやがる。そういった連中を抑えなきゃ、徳川の罪になる。でまあ、上様に寛永寺で引き籠《こ》もらず、逃げ出した伝習隊のところまでお出まし願い、説得をしてくれまいかと」

「…………」

「あきれるなよ」

黙った澤太郎左衛門に勝海舟が苦笑した。

「おいらも無駄だと止めたんだがな、大久保さんは真面目《まじめ》なお方だから」

勝海舟がため息を吐《つ》いた。

会計総裁の大久保一翁忠寛《いちおうただひろ》は、勝海舟を見いだした大恩人である。海防担当の目付をしていたとき、意見書を出した小普請《こぶしん》組の御家人だった勝海舟に目を付け、引きあげてくれた。大老井伊直弼《いいなおすけ》の弾圧に反対したことで一時逼塞《ひっそく》していたが、十四代将軍家茂のもとで再出仕、その誠意ある行動は慶喜にも受けいれられ、執政筆頭ともいうべき会計総裁に任じられていた。

「矢田堀さまは」

「お屋敷で謹慎なさっておられるよ。海軍は皆榎本の言うことしか聞かないので、とても任に堪えずと、辞意を漏らされている」

「……それは」

榎本釜次郎とともに矢田堀鴻の指図を無視している澤太郎左衛門が、居心地の悪そうな顔をした。

「気にするな。あれで矢田堀さんも肚をくっている。海軍がなにかしでかしたら、この腹一つで納めてみせると言っていたよ」

矢田堀鴻は切腹の覚悟をしていると勝海舟が告げた。

「おいらなんぞ、腹を切るのは嫌だねえ。痛そうだ」

陸軍の脱走を止めようともしない勝海舟が茶化した。

「先生……」

澤太郎左衛門が冷たい目で勝海舟を見た。

「そう言うな。しかたねえだろう。家が潰されるかどうかの瀬戸際だ。こっちが山のような兵を用意していたんじゃ、相手も警戒する。それこそ、ちょっとしたことで戦端は開かれるんだ。鳥羽伏見のようにな。そうなれば、徳川の家は終わる」

勝海舟が真剣な目をした。

「もう一度釘を刺す。下手《へた》なまねをするな。させるなよ。海軍が一発でも新政府軍目がけて大砲を撃ったら、江戸は火の海になる」

「重々承知いたしておりまする。我らも徳川の家臣、主家滅亡の引き金は引きたくございません」

「結構だ。ちいと待ちな」

澤太郎左衛門の返答に勝海舟が安堵《あんど》したあと、筆を持った。

「……ほい、これを持っていきな」

勝海舟が書付を差し出した。

「これはっ……」

澤太郎左衛門が目を大きくした。

「海軍が目の敵《かたき》にしているおいらのところへ来る。補給しかなかろうが」

にやりと勝海舟が笑った。

「浜御殿の海軍所に置かれているものは全部持っていけ。新政府とやらに取りあげられるのも業腹《ごうはら》だしな。それを使って徳川に縁のある者を攻撃されてはたまらねえ」

「かたじけのうございまする」

書付を受け取った澤太郎左衛門が深々と頭を下げた。

「おいらだっていい気はしちゃいねえ。新政府だと偉そうな顔をしてやがるが、もとはろくでもねえ田舎侍《いなかざむらい》か、貧乏公家だ。ときの流れに乗れたからと浮かれているあり様、吐き気がすらあ」

「では、わたくしどもと一緒に」

澤太郎左衛門が勝海舟を誘った。

「うれしいがよ、上に立つ者が逃げるわけにはいかねえだろう」

「ですが上様は大坂から……」

勝海舟のあきらめに澤太郎左衛門が言い募ろうとした。

「生まれながらのお偉いさんというのは、ああいうもんだ。己が言えばどうにかなると思いこんでいる。それじゃあ、残っている者が哀れすぎるだろう。大久保さんへの恩もあるしな」

「失礼をいたしました」

澤太郎左衛門が謝罪した。

「気にするねえ」

手を振った勝海舟が澤太郎左衛門を見つめた。

「一つだけ頼みがある」

「なんでございましょう」

澤太郎左衛門が促した。

「徳川家の行く末が決まるまで、海軍は品川に停泊していてくれねえか」

の質が違う」

「そうだ。陸軍は数がものをいうが、海軍は質が戦《いくさ》を左右する。新政府に与《くみ》した諸藩の軍艦すべてを合わせても、徳川の海軍には勝てねえ。船の性能もそうだが、乗組員の質が違う」

「はい」

勝海舟の賞賛を澤太郎左衛門は当然だとうなずいた。

「江戸へ入った新政府軍にとって徳川海軍は恐怖だ。なにもしなくていい。いや、なにもするな。ただ、そこにあれば、あとはこっちでやる」

「なにもするなでございますか。難しいことを」

勝海舟の要求に澤太郎左衛門が苦く頬をゆがめた。

海軍は新政府嫌いが集まっている。その新政府軍が江戸で、好き放題しているのを黙って見ているなど、飢えた狼《おおかみ》の前に肉を置いて食べるなと言っているようなものである。

「おめえにしか、こんなことは頼めねえよ。薩長への恨みではなく、ただ絶望しているだけのおめえでなきゃな」

「……同じでございましょうに」

「新政府軍へ圧力をかけると」

澤太郎左衛門が勝海舟に言い返した。

「お互い馬鹿になりきれねえのは辛《つら》いな。もう、帰んな。おいらと長話をしていると、おめえまで疑われる」

「では、これにて」

もう一度勝海舟と見つめ合った澤太郎左衛門が腰を上げた。

第二章　交渉の海

一

十五代将軍徳川慶喜は朝敵となりすべての官位を停止させられてしまっているが、それでも天下最大の大大名である。

その徳川慶喜が、抵抗をしないと宣言しているにもかかわらず、徳川の陸軍も海軍も新政府軍と名乗る薩摩、長州を主とする連合軍への対決姿勢を崩そうとはしていなかった。

「辞官納地を命じるなど、我ら徳川に死ねと言うか」

「二百六十年以上、朝廷を守護してきたのは徳川ぞ。昨日今日の薩摩、長州ごときがなにを申すか」

憤懣《ふんまん》やるかたない旗本、御家人が続々と江戸を脱し、新政府軍への抵抗を続けた。

「徳川に恭順の実なし」

当然、新政府軍が矛先《ほこさき》を緩めることはなく、東海道、中山道を着々と進軍してきている。

「手間かけさせやがって」

新政府軍との交渉を慶喜から預けられた、陸軍総裁の勝海舟がため息を吐《つ》いた。

なんとか戦《いくさ》を避けようと努力していた勝海舟だったが、もともと日ごろの言動が悪く、人望も薄いだけに言うことを聞く者は少なく、停戦交渉はその下準備にさえ入れていなかった。

「直接、おいらが行けたらいいのだが」

そもそも近づいてくる新政府軍への使者になろうという人物がいないのだ。なにせ、こちらは罪人、しかも相手は関ヶ原以来の恨みを晴らす好機とばかりに殺気立っている。

そんなところへ命がけで、しかも意に染まぬ降伏の使者にたってくれる旗本はいなかった。

かといって勝海舟が行くわけにはいかなかった。勝海舟は西郷隆盛《たかもり》、桂小五郎《こごろう》ら新政府軍の幹部とも面識がある。だが、それを、西郷隆盛、桂小五郎らを惑わす者として勝海舟のことを嫌っている新政府軍の連中も多い。

しかも新政府軍だけでなく、徳川を売る者として旗本、御家人にも狙われている。のこのこと江戸を離れたら、それこそ命が危なかった。

「わたくしが参りましょうぞ」

その苦境を救ったのが、山岡鉄舟《やまおかてっしゅう》であった。

勝海舟同様、貧しい旗本の出ではあるが、その剣と度胸ははるかに優《まさ》る。

「頼んだ」

山岡鉄舟を送り出した勝海舟は続いて、品川沖へと出向いた。

「釜次郎と鉠太郎《えいたろう》を呼んでくれ」

短艇《カッター》で開陽丸に乗りつけた勝海舟が甲板士官に頼んだ。

「なにをしに来た」

非戦を主張する勝海舟は、海軍でも憎まれ者であった。

「おめえごときに言う話じゃねえ」

殺気を向けてくる甲板士官に勝海舟がため息を吐きながら手を振った。

「子供の使いもできねえくせに、一人前の面《つら》するんじゃねえ。さっさと二人を呼んでこい。おめえがおいらの手間を取らせると徳川が潰《つぶ》れるぜえ」

「…………」

主家の滅亡を言われれば、反論はできなくなる。甲板士官が無言で勝海舟を睨《にら》みつけて、船室へと向かった。

「……勝先生、勘弁してください。兵たちの気持ちを逆なでするのは……」

「…………」

しばらくして甲板士官に連れられて、榎本釜次郎と澤太郎左衛門が何ともいえない顔で近づいてきた。

「すまねえな。こんな先達《せんだつ》を持った因縁《いんねん》だとあきらめてくれ」

勝海舟が詫《わ》びた。

「で、ご用件は」

「一つ引き受けて欲しいもんがある」

問うた榎本釜次郎に勝海舟が言った。

「きさまっ」

「勝先生の頼みとは怖《おそ》ろしいですな」

「まあ、話を聞いてくれ」

　警戒する榎本釜次郎に勝海舟が求めた。

「報告が来た。薩長の連中が小田原《おだわら》をこえたようだ」

「箱根を抜かれましたか」

　勝海舟の言葉に、小田原藩大久保《おおくぼ》家の敗戦を思った榎本釜次郎が辛《つら》そうな顔をした。

「いや、関所を開けて藩主自ら出迎えたらしいぞ」

「恩知らずめが……」

　勝海舟に聞かされた榎本釜次郎が、箱根の関所を幕府から託されていた小田原藩を罵《ののし》った。

　小田原藩大久保家は、徳川家が三河の一大名でしかなかったころからの譜代《ふだい》名門で、老中も輩出していた。その信頼は厚く、西から江戸へ攻めのぼろうとする敵を防ぐ最後の関門である箱根の関所を預けられていた。

「恩も命あっての話だからな」

　責めてもしかたないと勝海舟が小田原藩をかばった。

「勝てぬまでも、主家のために戦うのが譜代の家臣というものでございましょう」

「尾張が折れてなきゃ、保《も》ったろうよ」

まだ咎《とが》める榎本釜次郎に勝海舟が、一門でも寝返る世のなかだからと宥《なだ》めた。

「まあ、そんなことを報《しら》せに来たわけじゃねえ」

勝海舟が本題に入ると告げた。

「こんなところでよろしいのですか」

話しかけようとした勝海舟を澤太郎左衛門が遮った。

「海の上だぞ。薩長がいかにすごいといったところで、ここまで盗み聞きはできやしねえよ」

勝海舟が広い海原を見渡した。

「いえ……」

ちらと澤太郎左衛門が後ろで勝海舟をまだ睨んでいる甲板士官を見た。

「海の上は一蓮托生《いちれんたくしょう》だ。いざとなったとき、戦うか大人しくするかで戸惑うよりはましだろう」

勝海舟が聞かせるべきだと応じた。

「では」

一礼して澤太郎左衛門が退《ひ》いた。

「今日、山岡を使者に出した」

「山岡とは、あの」

「そうだ。至誠《しせい》天に通ずを地でいってる世渡り下手《べた》だ」

榎本釜次郎の確認に勝海舟がうなずいた。

「山岡に西郷と江戸のことについて話をしたいと書いた手紙を持たせた」

「なるほど。勝先生なら生きてたどり着けませんな。なにせ、敵にも味方にも嫌われておられるゆえ」

澤太郎左衛門が皮肉を口にした。

「こっちも命が惜しい。お役を返上したいのだがな、上様直々に任せたと言われてはしかたねえ」

皮肉を勝海舟はまったく気にしなかった。

「さて、ここからが本題だ」

勝海舟が表情を鋭いものに変えた。

「釜次郎、徳川は勝てると思うか」

「勝てます。勝って見せまする。いや、勝たねばなりませぬ」

勝海舟の確認に榎本釜次郎が強く応じた。

「見事なる意気だと褒《ほ》めるべきなんだろうが、おめえはわかっているのかえ」

「なにがでございまする」

「どこまでで勝ったとするのだ」

問いかけに首をかしげた榎本釜次郎に勝海舟が訊《き》いた。

「それは……徳川がかつてのように将軍となって、天下を治めるまででございましょう」

榎本釜次郎が答えた。

「……話にならねえ」

勝海舟が盛大なため息を吐いた。

「無礼なっ」

後ろで控えていた甲板士官が、勝海舟の態度に憤《いきどお》った。

「下がっておれ」

勝海舟が怒鳴りつける前に、澤太郎左衛門が甲板士官を制した。

「同席を許されているだけで、発言は認められぬ」

「ですが……」

「もうよい。きさまは砲身でも磨いていろ」

まだ納得しない甲板士官を澤太郎左衛門が追いやった。

開陽丸は、甲板の下に大砲が並べられている。砲身を磨けというのは、話を聞くなとの命でもあった。

「……はっ」

勝海舟を殺さんばかりの目で見て、甲板士官が踵《きびす》を返した。

「墜《お》ちたものだな、徳川海軍も」

「申しわけございませぬ」

「恥じ入りまする」

あきれた勝海舟に、榎本釜次郎と澤太郎左衛門が頭を下げた。

いかに嫌いであろうが、勝海舟は陸軍総裁という高官なのだ。相応の敬意をもって対応しなければならない。

「海の上で規律が乱れた船は沈むぞ」

「…………」

勝海舟の止《とど》めに榎本釜次郎が俯《うつむ》いた。

「これまでだな。邪魔をした」

もう一度嘆息した勝海舟が背を向けた。

「お待ちを。今、あの者に罰を与えて参りますゆえ」

榎本釜次郎が走っていった。

「鋏太郎、おめえわざとだな」

勝海舟が澤太郎左衛門を睨《ね》めつけた。

「榎本さんは、温情が過ぎますので」

澤太郎左衛門が言った。

「平時ならば、多少のことは見逃すか、軽い罰を与えるだけで再考を促す。艦将と乗組員の関係は親子、師弟であればいい。ゆえに榎本さんは、ああなされた。しかし、有事にそれでは間に合いませぬ」

「有事になると思ってるのか」

苦い顔で述べた澤太郎左衛門に勝海舟が問うた。

「おわかりでございましょう。いや、あなたが起こす」

「物騒なことを言うねえ。どこで誰が聞いているかもわからねえじゃねえか。また、評定所《ひょうじょうしょ》へ呼び出されるのは嫌だぜ」

澤太郎左衛門に見つめられた勝海舟が先ほどとは逆のことを口にして笑った。

「勝先生」

おどけた勝海舟に、澤太郎左衛門が責めるような目をした。

「……おいらだって、いい気じゃねえんだよ」

勝海舟の表情が一転して険しいものになった。

「昨日まで、一間《ひとま》離れたところで平身低頭していた奴が、徳川が弱ったからと足蹴《あしげ》にしようとしやがる。まだ長州がそうするのはわかる。関ヶ原で痛い思いをしているからな。ああ、上杉《うえすぎ》もな。薩摩も木曽川《きそがわ》堤防のお手伝い普請《ぶしん》で金と人をなくしている。だが、佐賀や土佐《とさ》がなんで加わる。それと譜代だ。越前福井《えちぜんふくい》の春嶽《しゅんがく》公なんぞ、ご一門だぞ。その他にも淀の稲葉《いなば》、津《つ》の藤堂なんぞ、譜代だとか、それに準ずる扱いを受けていた連中まで……」

ぐっと手を握りしめて勝海舟が怒りを見せた。

「ふざけるんじゃねえ」

勝海舟が海に向かって吐き捨てた。

「二百六十年の恩寵《おんちょう》を忘れやがる。そんな奴らに頭を下げなきゃいけねえ。ただ、朝廷を戴《いただ》いただけで、官軍だ」

「勝先生」

憤慨する勝海舟に澤太郎左衛門が泣きそうになった。

「だが、今の徳川には勝つだけのものがねえ。なんせご当主さまが戦わねえと引っこんでおられる。勝手な戦は謀叛《むほん》だ」

「勝てば問題ないのではございませぬか」

「阿呆《あほう》、それじゃ裏切った連中と同じじゃねえか」

勝者はなにをしても許されると澤太郎左衛門が口にしたのを、勝海舟が否定した。

「好き勝手に動くのを家臣とは言わねえよ。それにあのお方は、勝つ気はねえ。それこそ勝報を届けた者を怒鳴りつけかねねえ」

「遅くなり申した」

勝海舟が首を横に振ったところへ、榎本釜次郎が帰ってきた。

「どのようになさいました」

澤太郎左衛門が処罰について訊いた。

「甲板士官を外し、機関室補助に回した」

機関室補助とは、開陽丸の主機関である蒸気機関へ石炭を運ぶのが仕事である。船の最下層で重い石炭を蒸気機関にくべる。粉塵《ふんじん》が舞い、半日もすれば顔中真っ黒になる下役のなかでも厳しい役目であった。

「船を下ろすかと思いましたが……」

「下ろすのも考えたが、放逐《ほうちく》すればなにをしでかすかわからぬ。あちらこちらで勝先生のことを言い触らされても面倒だ」

澤太郎左衛門の言葉に榎本釜次郎が苦く頰《ほお》をゆがめた。

「海軍の質が落ちたと言われてもしかたありませぬな」

「親方が崩れそうなんだ。誰もが不安になるのも無理はねえ」

暗い表情になった澤太郎左衛門と榎本釜次郎を勝海舟が慰めた。

二

勝海舟が仕切り直した。

「さて、話に戻ろう」

「釜次郎、もう一度徳川を将軍にする。それくらいならできるだろう。海軍の船を全部出し、大坂湾へ突入、砲撃を喰《く》らわして大坂の町を焼き尽くし、新政府軍の連中を混乱させる。そこへ輸送船に乗せた大鳥圭介《おおとりけいすけ》率いる洋式歩兵一千五百を主として、伝習歩兵隊など洋式装備を持ち、訓練された陸軍を上陸させる。そいつらを京へ向かわせ、薩長を追い出し、帝《みかど》を奉じる。そうすれば、朝敵の勅《ちょく》を取り消したうえ、もう一度上様を征夷大将軍になすことは容易だ」

「むう」

「なんと」

勝海舟の策を聞いた二人が唸《うな》った。

「後は薩長を朝敵にすればいい。それだけで日和見《ひよりみ》の大名は動揺する」

「いける……」

榎本釜次郎が興奮した。

「だが、将軍になった後どうするんでえ」

「えっ……」

勝海舟に問われた榎本釜次郎が戸惑った。

「明日から、大名どもが頭を下げてくると」

「ございませんな」

榎本釜次郎に代わって、澤太郎左衛門が口にした。

「謀叛、それも将軍へ槍《やり》を向けたんだぞ。長州、薩摩はもとより、今、新政府軍に従っている越前松平、尾張徳川らも罪人だ。藩主は切腹、領地を取りあげると命じたところで、従うけえ」

「それは……」

　言われた榎本釜次郎が詰まった。

「となると討伐の兵を出すことになる。どこの大名が幕府の命に応じて兵を出すか。奥州《おうしゅう》くらいだろうよ。だが、尾張を討伐するのに仙台の兵を出せるか。出せまい。仙台にそんな金はない、幕府にもねえ。戦争は金だ。弾を買うにも金、兵糧《ひょうろう》を買うにも金、兵の禄《ろく》も金だぞ」

「そこは徳川への恩義……」

「寝てるのか、おめえは」

　恩を持ち出した榎本釜次郎を勝海舟が叱《しか》った。

「金があれば、家臣の人減らしなんぞしねえし、新式銃を買っているだろう」

　勝海舟が嘆息した。

　仙台藩は六十二万石、加賀前田《かがまえだ》家の百万石、薩摩島津家の七十七万石に次ぐ大藩である。とはいえ、冷夏や大雨の多い土地柄のため、藩財政は苦しく、藩士の数を減らしてしのぎ、軍の装備も古かった。

「他藩をたよりにするのは止《や》めるべきだ」

「………」

　榎本釜次郎が黙った。

「まあ、小田原くらいなら、江戸の旗本でどうにかなろうけどよ。そこから向こうはどうする」

「…………」

「もし、大久保家が恭順しますと頭を下げたらどうする」

「それは……」

続けての質問に榎本釜次郎が戸惑った。

「許すかい。そしたら兵力は増えるが、また徳川の立場が変われば裏切るぜ」

「では……」

「潰すか。そうすると兵力は減るだけだぞ。小田原城を落とすに無傷ではすまないからな」

「ううっ」

勝海舟に詰め寄られた榎本釜次郎が頭を抱えた。

「その辺をどうにかできたとしよう。大久保家の血筋の旗本を当主にして、家臣たちを統率させればなんとかなろう。だが、長州と薩摩、佐賀と土佐はどうする。長州でさえ落とせなかったんだ。薩摩なんぞとんでもねえ」

「先生、そろそろ」

あまりいじめてやるなと澤太郎左衛門が割って入った。

「悪いな。ちいと不満がたまっていた。許してくれ」

勝海舟が榎本釜次郎へ詫びた。

「いえ」

榎本釜次郎が手を振った。

「徳川を将軍に戻すのはもう無理だ」

「重々わかりましてございまする」

あらためて断言した勝海舟に榎本釜次郎がうなずいた。

「徳川の勝ち目は、家を残すこと。それも諸大名に威を張れるだけの石高と格式を残して。これがいいところだろう」

「勝先生は、どこまでとお考えで」

語った勝海舟に澤太郎左衛門が問うた。

「江戸城と関八州《かんはっしゅう》二百万石、従二位権大納言《じゅにいごんだいなごん》」

勝海舟が告げた。

従二位大納言は御三家の当主の極官《ごっかん》とされているが、通例としてあがれても従二位権《ごん》大納言までとなっている。勝海舟はその一段上を欲した。

「いけると……」

「いいや」

榎本釜次郎の確認に、勝海舟が力なく首を横に振った。

「よくて駿河《するが》、遠江《とおとうみ》、三河と甲州《こうしゅう》で百万石。城は駿府《すんぷ》城だろうな」

「ひ、百万石……そんな、八分の一ではござらぬか」

勝海舟の推測に榎本釜次郎が目を剝《む》いた。

「おいおい、徳川の石高は八百万石もねえよ」

小さく勝海舟が笑った。

「おいらも陸軍総裁になるまで、詳しくは知らなかったがな、徳川家の石高は四百万石を少しこえるだけらしい」

「半分……」

榎本釜次郎が絶句した。

「しかも、そのほとんどが物成りのよい西国、南国にある。もし、このまま戦を止められても、徳川の領地は百万石ていどしか残らない」

冷たく勝海舟が断じた。

「わかったかい。今こそ、まさにお家の一大事だと」

「十分に理解をいたしました。それで、勝先生、わたくしどもになにをさせようと」

状況の悪さをあらためて告げた勝海舟に澤太郎左衛門が問うた。

「徳川の百万石、なんとしてでも認めさせたい」

勝海舟が表情を真剣なものに変えた。

「だが、このままじゃ、認められないだろう。薩摩はまだしも長州がな、恨み骨髄に徹す、だからな」

「そこまで……」

榎本釜次郎が驚いた。

「勝った奴は忘れるが、負けた奴はいつまでも覚えている。そういうもんだぜ。また、そうでなければ、人は先へ進めねえ。負けた悔しさがあるから、剣でも学問でも修業しなおせる」

「たしかに」

勝海舟の解説に澤太郎左衛門が首肯《しゅこう》した。

「こちらも手は打っているが、それだけじゃあ、ちいと不安なんだ」

「どのような手を」

「後で出てくるから、今は待ちな」

訊いた榎本釜次郎を勝海舟が制した。

「一つは前に言った。海軍を脅しの材料にする。海軍が品川の沖に停泊しているだけで、東海道は扼《やく》したも同然だ」

「街道へは十分、クルップ砲が届く。半舷《はんげん》砲門だけでも九門ある。街道を隊列組んできた連中など、まさに鎧袖一触《がいしゅういっしょく》」

勝海舟の考えていることを澤太郎左衛門が述べた。

「できれば先頭ではなく、真ん中辺へ落としてくれるとありがてえ。後ろが砲撃でやられたとなっては、前にいる連中も慌てふためくからな。そこへ陸軍を向けりゃあ、どんな馬鹿が大将でも負けはねえ」

澤太郎左衛門と勝海舟が顔を見合わせた。

「もっとも次はねえがな。いくらクルップ砲がすごいといっても、中山道までは届かねえ。そちらから攻められたら、勝ちはなくなる。関ヶ原のような決戦ならば、一度で勝利は決まるが、こちらは籠城《ろうじょう》するしかねえんだ。同じ方法は通用しねえ。相手は海軍を使えない状況で戦いを挑んでくるはずだ。となりゃあ負ける」

「……………」

「たしかに」

苦笑した勝海舟に榎本釜次郎、澤太郎左衛門が苦渋に満ちた顔をした。

「東洋最強の海軍といったところで、海がなきゃ張り子の虎《とら》だ」

「勝先生……」

たとえに榎本釜次郎が文句を付けた。

「悪いな。だが、徳川の軍事を預かるとなれば、言わなきゃならねえ。彼我の力の差を把握せずに戦いを挑むほど、愚かではねえつもりだ」

勝海舟が詫びた。

「いえ」

榎本釜次郎が勝海舟の謝罪を受けいれた。

「もちろん、負け方もお考えでございましょう」

澤太郎左衛門が勝海舟を促した。

「ああ。かなり思い切ったものを用意している」

勝海舟が首を縦に振った。

三

慶応四年（一八六八）三月十三日、徳川家陸軍総裁勝海舟と新政府東海道先鋒《せんぽう》軍参《さん》謀《ぼう》西郷隆盛の会談が始まった。

「……徳川を潰せば、旗本が暴発するぜ。いや、旗本だけじゃねえ。譜代大名も黙っちゃいねえ。そうなると英吉利《エゲレス》や仏蘭西《フランス》がどう出るかねえ。もっともそのときは、徳川はもうねえからな、すべての責任は朝廷さまが取ってくださると」

高輪《たかなわ》の薩摩藩邸の書院での会談の冒頭、勝海舟が西郷隆盛を脅した。

「勝先生……」

西郷隆盛が困惑した。

勝海舟と西郷隆盛は、面識があった。幕府一度目の長州征伐のときだ。御三家尾張徳川慶勝の推薦で西郷隆盛は征長遠征参謀となった。

そのとき神戸海軍操練所を預かっていたのが勝海舟で、西郷隆盛から会いたいとの申し出を受けた。

どちらも忙しい勝海舟と西郷隆盛である。そう長く話をしている暇はなかったが、わずかな間に互いを認め合った。

その後は勝海舟が坂本龍馬《さかもとりょうま》ら不逞《ふてい》浪士との関係を疑われて江戸へ召喚、蟄居《ちっきょ》を命じられたこともあり、交流は途絶えていた。

前回は味方同士であった二人の再会は、勝者と敗者という立場に変わっていたが、勝海舟は平然としていた。

「我らを脅すつもりか」

薩摩藩士の村田新八《むらたしんぱち》が憤った。

「脅す……おもしろいことを言うねえ」

勝海舟が村田新八を見て笑った。

「こちとら負けたんだぜ。徳川は今や俎上《そじょう》の鯉《こい》だ。包丁を持っているのは、そちらのはずだが」

「うっ」

村田新八が詰まった。

ここでまだ脅しだと騒げば、新政府軍が勝っていることを否定してしまう。

「先生、ご勘弁を」

西郷隆盛が勝海舟を宥《なだ》めた。

「おい、おめえ。そっちは勝っているんだ。どっしりと構えて、敗者が慈悲を乞《こ》うのに応じてやるだけでいいんだぜ」

勝海舟が村田新八に追い討ちをかけた。

「…………」

村田新八が口惜《くちお》しそうに唇を噛《か》んだ。

「今日は、これくらいで終わりにしもはんか」

西郷隆盛が険悪な雰囲気を慮《おもんぱか》った。

「では、明日」

あっさりと勝海舟が退《ひ》いた。

「勝、あの態度はどうなのだ」

本来交渉役の首座である大久保一翁《いちおう》が、薩摩屋敷を出たところで勝海舟をたしなめた。

「すべて差し出しますか」

己を見いだしてくれた大久保一翁には、勝海舟もていねいな応対をした。

「……敗者だぞ、徳川は」

「城に財宝、武器、弾薬、軍艦……向こうの要求はそれだけではありませぬ。こちらが退けば、退いただけ前に出る。それが勝った者の常態。すべての責は徳川の当主にありとして、上様の首を寄こせと言い出したとき、どうなると」

「うっ……」

大久保一翁が詰まった。

「少なくとも江戸城は焼けましょう」

もう駄目だとなったとき、敵に城を渡すよりましと居城に火を付けて焼亡《しょうもう》させるのは、戦国では珍しいことではなかった。

「旗本はこぞって我らの軛《くびき》から放たれ、新政府軍に戦いを挑みましょう。海軍も同様。品川沖から大砲を新政府軍目がけて撃ちこみますぞ」

「海軍はおぬしが押さえておるだろう」

勝海舟の予想に大久保一翁が異を唱えた。

「榎本に嫌われておりますので」

「またか……」

苦笑した勝海舟に大久保一翁があきれた。

「大久保さん」

勝海舟が真剣な表情になった。

「…………」

大久保一翁の目つきも変わった。

「もう徳川が天下を取り戻す目はございません」

「……ああ」

勝海舟の言いぶんを大久保一翁も認めた。

「なら、あとはどれだけ徳川の影響を残すか」

「たしかに」

大久保一翁も同意した。

「そのための交渉でございましょう。向こうの言う通りにするだけならば、わたくしは要《い》りませぬ」

「できるのか、勝」

「やるしかございますまい」

確認した大久保一翁に勝海舟が決意を見せた。

「任せてよいのか」

「代わってくださるというなら、喜んで」

まだ不安を見せた大久保一翁に、勝海舟が返した。

「……明日は、口を挟まぬ」

大久保一翁が勝海舟に全権を委託した。

翌十四日、ふたたび同じ顔ぶれが、今度は田町《たまち》の薩摩屋敷へ集まった。

「西郷先生、これがこちらの願いで」

勝海舟が用意してきた書状を西郷隆盛に差し出した。

「拝見いたしまっす」

勝者の代表でありながら、西郷隆盛は勝海舟への敬意をもって接していた。

「……これはっ」

その西郷隆盛が勝海舟に非難の目を向けた。

「それで徳川は、降伏する」

勝海舟が平然と応じた。

「安いものじゃねえか」

「……勝先生」

西郷隆盛が唖然《あぜん》とした。

「ちと、拝見」

昨日より大人しくしていた村田新八が西郷隆盛の手にしている書状を覗《のぞ》き見た。

「……馬鹿な」

村田新八が唖然とした。

「なんじゃこれは」

奪うように村田新八が書状を西郷隆盛から取りあげると、内容を読みあげた。

「一つ、徳川慶喜は罪を認め、水戸で謹慎する。一つ、徳川慶喜を助けた諸侯は寛典《かんてん》に処し、その生命を侵さない。一つ、徳川家が保有する武器並びに軍艦はまとめおき、一部を残して寛典の処分が下された後に差し渡す。一つ、城内居住の者は、城外に移って謹慎する。一つ、江戸城は一度明け渡すが、手続きを終えた後は即刻田安家へ返却を願う。一つ、暴発の士民鎮定の件は可能な限り努力するが、応じきれないときは新政府の手でこれをおこなっても苦情は出さない」

「…………」

「こんなもの、降伏する側が求めてよいものではなか」

黙っている勝海舟ら、徳川交渉役を村田新八が怒鳴った。

「一々、説明が要るかい、西郷先生」

村田新八を相手にせず、勝海舟が尋ねた。

「いいえ」

怒る村田新八を見て逆に落ち着いたのか、西郷隆盛が静かに首を横に振った。

「西郷さん」

村田新八がなにを言うかと西郷隆盛に迫った。

「新八どん」

西郷隆盛が村田新八をたしなめた。

「しかしっ……」

「静かにしてくれねえか」

勝海舟が村田新八を見つめた。

「今、この国の首をかけた話し合いの最中なんでな」

「首……なにを言うかあ。徳川が平身低頭し、すべてを差し出せばすむ……」

「黙っていろと言ったはずだぜえ」

「新八」

反発しかけた村田新八を勝海舟が睨みつけ、西郷隆盛が押さえた。

「西郷さんよ。江戸を火の海にしてみるかい」

「天下静謐《せいひつ》のため、朝廷の正義をなすためとあれば、遠慮はいたしもはん」

村田新八を無視して、勝海舟と西郷隆盛の話し合いは始まった。

「パークスが黙っているかねえ」

「…………」

揶揄《やゆ》するような勝海舟に西郷隆盛が黙った。

イギリス公使のハリー・スミス・パークスは四カ国艦隊による下関《しものせき》砲撃を主導したことで更迭されたジョン・ラザフォード・オールコックの後任として上海《シャンハイ》領事から転じてきた。

広東《カントン》のイギリス領事館勤務を皮切りに、廈門《アモイ》の領事館通訳、廈門領事、英暹羅《えいシャム》条約締結全権担当など、アジアの外交に長く携わってきた。アジア人は恫喝《どうかつ》すれば折れると信じており、日本公使となってからも威圧的な交渉を続ける豪腕外交官である。

薩英戦争のあと島津家と深くかかわってはいるが、フランス、オランダ、アメリカなどの列強といまだ根強い関係を持つ徳川家を切り捨てず、交渉の窓口を維持していた。

「万国公法《ばんこくこうほう》を持ち出したろう」

「なぜそれを。昨夜会ったばかりだというのに」

にやりと笑った勝海舟に、西郷隆盛が大きな目を剝き出しにして驚いた。

「……先生が」

勝海舟の笑いのわけを西郷隆盛が理解した。

「降伏をしている敵を追撃するのは、万国公法上好ましからずだったか」

「むう」

西郷隆盛が唸った。

「なあ、西郷さんよ。こちらの立場で考えちゃくれめえか。もし、もしの話だが……」

くどく仮定してだがと繰り返して、勝海舟が続けた。

「鹿児島城下まで徳川の軍勢が迫り、島津公が降伏をお考えになられたとしよう」

「なにをっ」

また村田新八が腰を浮かせた。

「もし、の話だと勝先生は言っておられる」

勝海舟が咎める前に、西郷隆盛が納めた。

「はい」

村田新八が退いた。

「島津公の赦免を願う使者が西郷さん、あなただ。そして征伐軍の大将がこの勝」

「わかりもした」

それ以上言うなと西郷隆盛が勝海舟を制した。

「そちらの条件、叶《かな》うかどうかは保証できもはん。お決めになるのは朝廷でござる」

「承知している」

西郷隆盛の言いぶんを勝海舟が認めた。

「その結果が出るまで、征討軍の進軍は止めまする」

「助かる」

勝海舟が頭を下げた。

「相手が西郷さんでよかった。これが桂だとこうはいかねえ。桂は迷う」

安堵《あんど》した勝海舟の口調が崩れた。

「急いで総督府に向かいもす」

西郷隆盛が腰を上げた。

「……ところで、勝先生」

「なんだえ」

座っていた勝海舟が大柄な西郷隆盛を見上げた。

「暴徒、凶徒のたぐいは、そちらでお願いできますのでしょうな」

西郷隆盛が尋ねた。

「冗談を言うねえ。武器弾薬を全部渡しちまうんだぜ。海軍の船じゃ、陸《おか》はどうしようもねえよ」

勝海舟が徳川家から出した条件を端《はな》から無理だと告げた。

「だからこそ、手に余れば助けてくれと付けてあるだろう」

「それは、こちらで滅ぼしてもいいと」

徳川慶喜が決め、勝海舟が交渉をなした恭順に従わない者は、徳川の家臣ではない。まだ隠居していない徳川慶喜は当主であり、気に入らぬ家臣を放逐することができた。つまり、西郷隆盛の確認は、脱走した旗本、御家人を攻め滅ぼしても徳川家から苦情は出ないだろうなという確認であった。

「言うまでもなし」

勝海舟も言うことを聞かない者たちの面倒まで見る気はない。もし、脱走した旗本、御家人への助命を乞えば、徳川とのかかわりを認めたことになり、新政府に難癖を付ける名分を与えることになる。

「ならば、よか」

最後に西郷隆盛は東征大総督下《しも》参謀としての風格を見せて、去っていった。

四

江戸城総攻撃は避けられた。

西郷隆盛の説得を東征大総督である有栖川宮熾仁《ありすがわのみやたるひと》親王が受けいれたのだ。

「お見送りに出るが、おぬしはどうする」

四月十一日早朝、開陽丸の甲板で榎本釜次郎が澤太郎左衛門に問うた。

本日、最後の徳川将軍であった慶喜が、新政府の指示に従って謹慎している寛永寺を出て、水戸徳川家へと引き移る。その見送りに榎本釜次郎は上陸しようとしていた。

「わたくしは遠慮いたしましょう。奉行と艦将が二人とも留守をするわけにはいきますまい」

澤太郎左衛門が首を左右に振った。

「勝先生のおかげで、開陽丸を始めとする八隻が残りましたが、長州や薩摩が約束を守るとは限りませぬ。なにかあったときの対応をいたさねばなりませぬ」

「そうだな。すまぬ。おぬしもお別れがしたいであろうに」

「お気遣いなく」

一人行くことに榎本釜次郎が申しわけなさそうな顔をしたが、澤太郎左衛門は飄々《ひょうひょう》と手を振った。

「それにしても、勝先生は怖ろしい御仁である」

「はい。よくぞ、徳川の臣として生まれてくださったと思いまする」

榎本釜次郎の感想に澤太郎左衛門も同意した。

「一つまちがえば、あの城は炎に包まれていた」

甲板から榎本釜次郎が江戸城を見た。

「城だけではございませぬ。あの繁華な城下も灰燼《かいじん》に帰したでしょう」

「どれほどの人が死んだか」

澤太郎左衛門と榎本釜次郎が震えた。

「悪辣《あくらつ》だな」

「……忠臣でございましょう」

榎本釜次郎の感想に、一瞬間《ま》を空けて澤太郎左衛門が反論した。

「忠臣……か。たしかにそうだな。慶喜公の家臣としてはの」

「もし、勝先生の策がなされていたら、後世の評価は最悪でしょうな。滅び行く徳川に、江戸の民を道連れにしたたと」

二人が感慨深げに言い合った。

「それにしても、新政府が江戸城を攻撃するとなったら、まず慶喜公を開陽丸へご移乗いただき、横浜に停泊している仏蘭西《フランス》艦へお運びし、亡命していただくとは」

「その後、火消し人足どもが城下に火を放ち、城を囲んでいる新政府軍を焼き討ちにする。それに合わせて軍艦を江戸湾へ回し、艦砲を手当たり次第に撃ちこむ」

「新政府軍は大混乱になり、壊滅に近い打撃を受けよう」

「まさに捨て身。新政府軍を撃退できても、徳川は城も城下も失う」

榎本釜次郎と澤太郎左衛門が勝海舟の策に非難をにじませた。

「慶喜公を仏蘭西へ亡命させるなど、思いもつかぬ」

「まったく。徳川将軍家がいまだ唯一の外交政府であるという諸外国の認識を利用したとはいえ……」

澤太郎左衛門は驚愕《きょうがく》を隠せなかった。

慶応三年（一八六七）十月十四日、大政奉還をした徳川慶喜は、その後大坂でイギリス、フランス、オランダ、アメリカなどの代表を集め、今後とも外交交渉は徳川家がおこなうと宣言、諸外国もこれを認めた。すなわち、イギリス、フランスなどにしてみれば、まだ徳川家がこの国の代表であったのだ。

いわば徳川慶喜は首班であり、内乱で追い詰められたときに亡命政府を造る正統な権利を持っていた。

それを勝海舟は切り札に使った。

「亡命先が仏蘭西というのも……の」

「お見事としか言えませぬ」

榎本釜次郎の感嘆に澤太郎左衛門もうなずいた。

「我らが和蘭陀《オランダ》へ留学したときも思ったことだが、英吉利《エゲレス》と仏蘭西は仲が悪い。とくに亜細亜《アジア》における植民地の覇権を巡っての争いは激しい」

欧米の諸国はアフリカやアジアを武力で制圧、植民地として支配している。植民地から吸い上げる物品、金銭を本国に運び、栄耀栄華《えいようえいが》を尽くしている。

植民地の数が国の力になる。イギリスもフランスもオランダも血眼《ちまなこ》でアジアに拠点を欲しがっている。日本を植民地にできないとしても、交易の対象、航海の中継地としての価値は高い。清《しん》国を破った勢いでさらに北上したいイギリス、香港《ホンコン》をイギリスに取られたフランスは、なんとしてでも日本での権益を確保したい。

そういった思惑もあり、イギリスは薩摩と手を組み、フランスは徳川を支援してきた。結果として、イギリスが勝者となっているが、正統な政府として諸外国に認められている徳川家がフランスに亡命、そこで政権樹立を宣言されれば、かなりの面倒になる。なにせ徳川家にはまだ奥羽越《おううえつ》の諸藩が付いており、江戸以北に新政府の権力は及んでいないのだ。それこそ、下手をすれば江戸を巡ってイギリスとフランスの戦争に発展しかねない。

イギリスとしてはなんとしてでも亡命政府の誕生を防がねばならなかった。

勝海舟は、それを材料にイギリス公使パークスと交渉、新政府への牽制《けんせい》をさせたのであった。

「幸い我らの出番はなかった。喜ばねばならぬの」

「まったく」

二人がしみじみと言った。

「では、後を頼む」

徳川慶喜が寛永寺を出る刻限が迫った。

榎本釜次郎が、縄ばしごを伝って短艇へと乗り移り、開陽丸から離れていった。

「……別れを惜しむ。なんの意味があるというのだ。我らは大坂で捨てられたというに」

江戸城の方向を一瞥《いちべつ》して呟《つぶや》いた澤太郎左衛門が、艦内へと降りていった。

徳川慶喜が当主でなくなった。

新たな徳川家は御三卿《きょう》の一つ田安家の亀之助あらため徳川家達《いえさと》を当主としたが、いまだその処遇ははっきりとしていなかった。

「奥州で三十万石。それでも多い」

長州に近い者は厳罰を口にする。

「今の罪は罪である。しかし、二百六十年の治世を無視するのはいかがなものか。駿河、遠江、三河で百万石は与えてやるべきである」

越前松平や土佐の山内《やまのうち》などは、ふさわしいだけの処遇をすべきだと主張する。

寄せ集めで成った新政府のまとまりのなさが、露骨に出た。

「寛永寺に立て籠《こ》もる賊徒を解散せしめよ」

そんななか、新政府から勝海舟に命令が出された。

「無茶いうねえ」

勝海舟は文句を言いながらも、寛永寺まで足を運び、徳川家霊廟《れいびょう》守護を名目に集まっている旧旗本、御家人、脱藩士からなる彰義隊《しょうぎたい》の説得に出向いた。

「主家を売る者」

彰義隊の隊士から散々罵られた勝海舟は、代表を務める渋沢成一郎《しぶさわせいいちろう》に解散を勧めはしたが、熱心な説得をすることなく早々に退散した。

「奸賊《かんぞく》、勝」

「徳川に暴徒を制圧する武力なし」

あっさりと勝海舟は寛永寺で気勢を上げている彰義隊を見捨てた。

「江戸市中取締の役儀を解き、武具弾薬の類を新政府に引き渡せ」

新政府は五月一日、彰義隊の解散を命じたが、そのようなものに従うはずもなく、より頑《かたく》なにさせるだけであった。

「討伐すべし」

ついに新政府は彰義隊への攻撃を断行、五月十五日、上野寛永寺を巡っての戦いが開始された。

当初は地の利を得ているうえに意気軒昂《けんこう》たる彰義隊が、攻め寄せてくる新政府軍を撃退していた。しかし、それも新政府軍が新式砲を持ち出すまでであった。

旧式な武器を主としている彰義隊では届かない遠方からの砲撃で、たちまち寛永寺は破壊され、わずか一日で勝負は決した。

「徳川家達に駿河、遠江、三河のうちより七十万石を与えるものとする」

五月二十四日、ようやく徳川宗家の処遇が決まった。

「彰義隊騒ぎで三十万石減か。高く付いたな」

ふらりと開陽丸へやってきた勝海舟が、皮肉げに頬をゆがめた。

「やはりですか」

澤太郎左衛門がため息を吐《つ》いた。

「徳川の恩義に報《むく》いると大騒ぎして、宗家の石高を削ったんだ。馬鹿どもも本望だろうよ」

「勝先生」

嘲笑《ちょうしょう》した勝海舟に榎本釜次郎が咎めるような声を出した。

「違うけえ。海軍は耐えたんだろうが」

「…………」

言い返された榎本釜次郎が黙った。

「おいらが頼んだように、海軍はなに一つ馬鹿をしなかった。助かった」

勝海舟が深々と頭を下げた。

「先生っ」

「……っ」

気位の高い勝海舟が深く腰を折るという珍しいできごとに二人が気まずそうな顔をした。

開陽丸は品川沖に停泊していたが、榎本釜次郎は請西《じょうざい》藩主林 忠崇《はやしただたか》の要請を受け、鳥羽伏見の戦いで裏切った老中稲葉正邦《まさくに》の一門館山《たてやま》藩の陣屋を砲撃したりしている。他にも新政府へ抵抗する旧幕臣を船で江戸から奥州へ運んだりしていた。

それを目端のきく勝海舟が知らないはずはなかった。

「江戸城を、城下を焼かずにすみ、徳川宗家が無事に残った。城は新政府に取りあげられたとはいえ、朝敵にされたにしては上出来だ。これも西郷と海軍のおかげだ。感謝している」

それをなかったとして頭を下げたままで勝海舟が礼を述べた。

「先生、顔を上げてください」

榎本釜次郎が慌てた。

「もういいか」

すっと勝海舟が背筋を伸ばした。

「なあ、釜次郎よ。今までのことは問わねえ。新政府にも口出しはさせねえ。どうだ、駿河へ来ねえか。七十万石に減ったとはいえ、八隻くらいならどうとでもできる。幸い駿河は太平洋に面して良港もある。亜米利加《アメリカ》や印度《インド》、台湾《タイワン》への航路を開いて交易をし、徳川を富ませちゃくれねえか」

勝海舟がすべてを呑《の》みこんだうえで、榎本釜次郎を誘った。

「…………」

榎本釜次郎が辛そうな顔をした。

「七十万石じゃ、とても旗本、御家人を喰わしちゃやれねえ。四百万石から七十万石だ。六分の一だぞ。脱走だ、彰義隊だで多少家臣は減ったが無理だ。米だけじゃねえ。徳川が握っていた鉱山も取りあげられた、長崎などの運上《うんじょう》もねえ。これでどうやって家がなるかよ」

勝海舟が切々と訴えた。

「連中には自力でなんとかしろ、駿河へ付いてくるなら無禄を覚悟しろと言ってはいるが、少し前まで天下の旗本だと威張っていた連中に金なんぞ稼げるはずもねえ。なにより、すがる奴らを見捨てられねえだろう。徳川は石高の数倍実収入が要るんだ。それにには海しかない」

「申しわけない、勝先生」

苦渋に満ちた声で榎本釜次郎が拒んだ。

「新しい徳川の行く末が厳しいのはわかっておりまするが……旗本としての、いえ、武士としての意地が……」

榎本釜次郎が理由を口にした。

「おめえさんは、どうだい」

続けて勝海舟が澤太郎左衛門へ問いかけた。

「わたくしもお断りいたしましょう。たしかにこれから徳川が苦難の道を歩まざるを得ないのはわかっておりまするし、それには諸外国との交易がなによりという勝先生のお考えに賛同はいたしまする」

「……ならばなぜと訊くのも無粋だが、理由を教えてくれ」

澤太郎左衛門の拒絶に勝海舟が頼んだ。

「おわかりでございましょう。このままでは、軍艦開陽丸が泣きまする」

「はああ、やはりそれか」

述べた澤太郎左衛門へ勝海舟が盛大なため息を吐いた。

五

「開陽丸は戦艦としてこの世に生を享《う》けましてございまする。徳川幕府を外国からの侵略から守るための守護神こそ、開陽丸。米利堅《メリケン》の来航以来、傾き始めた徳川家の威光を、今一度蘇《よみがえ》らせるため、開陽と名付けられた」

「開陽とは日が昇るという意味だな、たしかに」

勝海舟も首を縦に振った。

「その開陽丸が、幕府を支える戦いに参戦していない。ああ、大坂湾での薩摩藩船追撃は、戦いではございませぬ。あれは小競り合い」

開陽丸唯一の海戦を、今度は澤太郎左衛門が否定した。

「東洋最強とうたわれる開陽丸にふさわしいのは、運命をかける決戦の場。しかるに開陽丸はその場から外された」

「祟《たた》るねえ。慶喜公の夜逃げは」

勝海舟が苦い笑いを浮かべた。

「あのときの悔しさが忘れられませせぬ」

澤太郎左衛門が唇を嚙んだ。

「だがよ、鉄太郎。あのまま大坂に開陽丸がいたとして、戦いになったとは思えねえぜ。慶喜公の夜逃げを防げたとしても、決戦は……」

「やりましたぞ」

榎本釜次郎が口を挟んだ。

「……おめえ、本気で」

その語調から勝海舟は榎本釜次郎の言葉が噓《うそ》ではないと悟った。

「当然でございましょう。鳥羽伏見で思いもかけぬ敗戦をいたしましたとはいえ、大坂城には十二分な金、武器弾薬、そしてなにより戦意に溢《あふ》れた万余の幕府軍がおりました。たかだか数千の薩長など、それこそ鎧袖一触《がいしゅういっしょく》」

「京へ海軍は行けねえよ」

思い出して興奮する榎本釜次郎に勝海舟があきれた。

「海軍には海軍の役目がございまする。当時のわたくしは軍艦頭《がしら》、大坂湾に集まっていた幕府方の船、すべてを差配できましてござる」

「どうするつもりだったんだ」

勝海舟が質問した。

「陸軍が京を取り返すまでは、明石《あかし》沖へ展開、南海道《なんかいどう》をのぼってくる薩長の輩《やから》を牽制、あるいは攻撃して、援軍を阻止。と同時に瀬戸内《せとうち》の薩摩海軍の船を駆逐する。幕府軍が京をふたたび手中に収めたら、船を馬関《ばかん》へ回し、下関を砲撃、砲台などがあれば破壊、なければそのまま萩《はぎ》へ移動、城下を焼き討ちにする。これで長州は落ちましょう」

「むう」

榎本釜次郎の策に勝海舟が唸った。

「薩摩はどうする」

勝海舟がその後を尋ねた。

「放置いたしまする。薩摩は南の果て。馬関と大坂湾を押さえてしまえば、京へ人を送ることはできなくなりまする。無理に攻めず、京を完全に把握してから、朝廷より朝敵とするとの勅《ちょく》を出していただけば、折れて参りましょう」

「……畏《おそ》れ入った」

榎本釜次郎の答えに勝海舟が感服した。

「薩摩まで軍艦で行くとなれば補給が問題になる。それを考えてねえようなら、怒鳴りつけてやろうと思ったが、さすがは欧州帰りだ」

勝海舟が榎本釜次郎を褒めた。

「先日の勝先生の策ほどではありません」

榎本釜次郎が謙遜《けんそん》した。

「あきらめる気はねえかい。すんだことだぜ」

口調を重いものにして勝海舟が、榎本釜次郎と澤太郎左衛門に問いかけた。

「…………」

二人ともに返答をしなかった。

「わかっているだろうが、もう徳川に勝ち目はねえぞ」

一応の確認を、勝海舟がした。

「承知しておりまする」

先ほど武士の意地だと言った榎本釜次郎は黙り、澤太郎左衛門がうなずいた。

「和蘭陀《オランダ》で造船しているときからのつきあいでございまする。開陽丸を存分に働かせてやりたい。こんなすごい船があるのだということを、天下に示したい。死に場所を失い、砲を下ろして輸送船のまねをさせられる。それでは、あまりに哀《かな》しすぎましょう」

「軍艦は戦わねえのが一番なんだが」

　澤太郎左衛門の主張に勝海舟が苦笑した。

「それに、二階へ上がった梯子《はしご》を外された悔しさは、勝先生もご存じでしょう」

「知っているともよ」

　澤太郎左衛門に確認された勝海舟が苦く口角を吊《つ》りあげた。勝海舟も長州や薩摩との交渉で、何度も徳川慶喜の変節に翻弄《ほんろう》されていた。

「慶喜公に煮え湯を飲まされた同士だけに、その思いはわからんでもねえが……」

　勝海舟が一度言葉を切った。

「欧州の風に触れたおめえたちのようなできる奴を、無駄にするのは国の損失だ。国を開いたとはいえ、こっちは二百六十年遅れている。その遅れを少しでも早く取り戻さねえと、この国は欧米の手下になりかねねえ。国のためだと、我慢してくれと説き伏せなきゃいけねえんだろうがなあ」

　大きく勝海舟が息を吐いた。

「しかたねえ」

　勝海舟が肩を落とした。

「先生もご一緒に参りましょうぞ」

　興奮のまま榎本釜次郎が勝海舟を誘った。

「……行きたいともよ。海軍はおいらの魂だからな」

勝海舟が泣きそうな顔をした。

「海軍のおいらを陸軍総裁なんぞにしやがって……」

「では っ」

身を乗り出した榎本釜次郎へ勝海舟が首を横に振った。

「もうおいらの出番は終わったよ。なにせ徳川の幕を引いたんだ。そんなおいらを他の連中は受けいれてくれやしねえさ。もう、薩長の犬呼ばわりされるのは御免だ」

勝海舟がさみしそうに笑った。

「………………」

榎本釜次郎が言葉を失った。

「それにな。おいらにはまだしなきゃいけねえことがある」

「まだしなければならないことが……」

澤太郎左衛門が首をかしげた。

「喰えねえ旗本、御家人の面倒を見なきゃいけねえ」

「甘えているだけでしょう。そのような連中は放《ほう》り出してやればいい。さすれば、嫌でも働きましょう」

またもため息を吐いた勝海舟に、澤太郎左衛門が勧めた。

「たしかにそうなんだがなあ。それをやると徳川の新しきご当主さまの名前に傷が付く。家達さまはわずか六歳であらせられるのだ。そのご当主さまになんとかしろとの非難がぶつけられるなんぞ、許せるものけえ。恨み、無能との罵声は家臣が受けるものだ」

　勝海舟が怒りを見せた。

「感じ入りました」

　榎本釜次郎と澤太郎左衛門が勝海舟に頭《こうべ》を垂れた。

「勝先生こそ、徳川きっての忠臣」

「徳川は勝先生のおかげで生き残りましてござる」

「よしてくれ。背中がかゆくなる」

　榎本釜次郎と澤太郎左衛門の賞賛に、勝海舟が手を振った。

「……さてっと」

　勝海舟が手を叩《たた》いた。

「帰る」

　さっさと勝海舟が縄ばしごへと向かった。

「無駄死にだけはしてくれるなよ」

縄ばしごに足をかけて勝海舟が別れを口にした。

「……榎本さん」

「ああ」

澤太郎左衛門の呼びかけに榎本釜次郎が首肯した。

「勝先生に笑われぬようにせねばの」

榎本釜次郎が強い語調で宣した。

「錨《いかり》を上げよ」

榎本釜次郎が命を発した。

「警戒を厳にせよ。邪魔する船は容赦せぬ」

艦将澤太郎左衛門が、大砲の用意をさせた。

勝海舟による最後の説得から十五日、徳川家達が駿河へ出発した直後の八月十九日、開陽丸を旗艦《きかん》とする旧幕府海軍は品川沖を離れた。

第三章　荒れる海

一

慶応四年（一八六八）八月十九日夜、榎本釜次郎武揚率いる旧徳川家海軍脱走艦隊は錨《いかり》を上げ、品川沖から離れた。

「男の意地、武士の矜持《きょうじ》、徳川の無念……か」

足の遅い咸臨丸《かんりんまる》、長鯨丸《ちょうげいまる》などの輸送艦に速度を合わせて、ゆっくりと、ゆっくりと八隻の軍艦が遠ざかっていくのを、月明かりの下、勝海舟は見送っていた。

「喰《く》えやしねえというによ、そんなもんじゃ」

勝海舟がため息を吐《つ》いた。

「それが男というものでしょう」

隣に立っている山岡鉄舟《てつしゅう》が勝海舟に応じた。

この六月、徳川家達《いえさと》に従って駿府《すんぷ》へ移住した山岡鉄舟は藩政補翼《ほよく》、かつての用人《ようにん》ともいうべき重職になり、ときどき江戸と駿府を往来して新政府との交渉などをおこなっている。偶然、今日は江戸におり、勝海舟を訪ねて、ともに品川へ来ていた。

「男ねえ、おいらにはよくわからねえなあ。なにせ、おいらは片金玉だからねえ。二つそろっている人の半分だけ男だからな」

勝海舟が口の端を吊《つ》りあげた。

九歳のとき、野良犬に襲われて、勝海舟は片方の陰嚢《いんのう》を食いちぎられるという重傷を負った。医師の適切な治療と、実父小吉《こきち》の懸命な看病で一命を取り留めたが、それ以降勝海舟は犬を見るのも嫌いになっていた。

「ほいよ」

勝海舟が、懐《ふところ》から書状を取り出して、山岡鉄舟に渡した。

「……拝見しても」

「ああ」

他人の書状である。渡されたからといって、勝手に開くわけにはいかない。許諾を求めた山岡鉄舟に勝海舟がうなずいた。

「…………」

一読した山岡鉄舟がていねいに書状をたたみ、一礼して勝海舟へ返した。

「檄文《げきぶん》ですな。榎本さんの思いがよく伝わりました」

山岡鉄舟が感想を述べた。

「昨日、屋敷に届けられたのよ。釜次郎ほどの人物でも、世間が見えなくなる。時代が動くときというのは、始末におえねえ」

勝海舟が小さく首を左右に振った。

「王政日新は皇国の幸福、我輩《わがはい》もまた希望するところなり。しかるに当今の政体、其《その》名は公明正大なりといへども、其実はさらず。王兵の東下《とうか》するや、我が老寡君《かくん》を誣《し》ふるに朝敵の汚名をもつてす。其処置既にはなはだしきに、遂に其城地を没収し、其倉庫を領収し、祖先の墳墓を棄《す》てゝ祭らしめず、旧臣の采邑《さいゆう》は頓《とみ》に官有と為《な》し、遂に我藩士をして居宅をさへ保つことあたはざらしむ。又はなはだしからずや。これ一《いっ》に強藩の私意に出《い》で、真正の王政にあらず。我輩泣いて之《これ》を帝閽《ていこん》に訴へんとすれば、言語梗塞《こうそく》して情実通ぜず。故に此地《このち》を去り長く皇国の為《ため》に一和の基業を開かんとす。それ闔国《こうこく》士民の綱常《こうじょう》を維持し、数百年怠惰の弊風《へいふう》を一洗し、其意気を鼓舞し、皇国をして四海万国と比肩抗行《ひけんこうこう》せしめんこと、唯《ただ》此一挙に在り……」

つらつらと勝海舟が書状に書かれていた榎本釜次郎の檄文をそらんじた。

「……之れ我輩あへて自ら任ずるところなり。廟堂《びょうどう》在位の君子も、水辺林下の隠士《いんし》も、苟《いやしく》も世道《せどう》人心に志ある者は、此言を聞け。まあ、見事なもんだがよ」

勝海舟が含むような言い方をして続けた。

「それで戦《いくさ》を長引かせてどうすると」

「戦は武士の本分でしょう」

嫌そうな勝海舟に山岡鉄舟が述べた。

「人が死ぬよ」

「…………」

勝海舟の嘆息に山岡鉄舟が黙った。

「武士はいい。望んで戦うのだからな。だが、巻きこまれた民はどうする。戦国のころのように、武士が名乗りを上げて、互いに首を取り合う時代じゃねえ。一発の大砲が数十人を殺すんだ。弾に相手が武士か、庶民かを見分ける目は付いてないんだ。放たれれば、かならずなにかに当たる」

「たしかに」

山岡鉄舟も頬《ほお》をゆがめた。

「釜次郎も鉄太郎《えいたろう》も欧州帰りだ。向こうで戦も見てきている。大砲の怖《おそ》ろしさも十二分に知っているはず。その二人でも抑えられないのが、武士の血か。因果なもんだねえ」

遠ざかっていく軍艦を勝海舟が見つめた。

「檄文に煽《あお》られる馬鹿が出そうだな」

「出ましょう」

またもため息まじりに言った勝海舟に山岡鉄舟が同意した。

「山岡さん」

勝海舟が山岡鉄舟の目を見た。

「頼みます。駿府から馬鹿を出さないでもらいたい。駿府から抜け出した馬鹿が暴れると、七十万石が五十万石になる」

「任せていただきたい。抑えてみせまする」

はっきりと山岡鉄舟が断言した。

「あと一つ」

「どうぞ、なんでも」

山岡鉄舟が勝海舟を促した。

「ご当代さまを、家達さまを、天晴《あっぱ》れ名君にお育ていただきたい」

勝海舟が深々と頭を下げた。

徳川家十六代当主となった徳川家達はまだ六歳、七十万石と数万人の家臣を背負うにはあまりにも幼かった。

「微力ながら、最善を尽くしまする」

山岡鉄舟も覚悟を決めた目をした。

「では、わたくしはこれで」

一礼して山岡鉄舟が夜旅をかけると、東海道をのぼっていった。

「新しい時代の幕は開いた。後は山岡さんたちの仕事だ」

その背中を勝海舟は見えなくなるまで追った。

「古い武士の終わり……」

山岡鉄舟の姿が消えて、振り返った勝海舟は品川沖へ目を戻したが、すでに軍艦の影はなく、ただ消え残った煙がたなびくだけであった。

「鉄太郎……海は無限に続いている。主家に殉《じゅん》じるだけがすべてじゃねえ。己の名を求めず、無残な死に恥を晒《さら》すのも忠義なんだぜ」

勝海舟が瞑目《めいもく》した。


品川沖を出帆した旧幕府海軍は、風に逆らう形で北を目指していた。

甲板に立っている澤太郎左衛門貞説《さだとき》のもとに航海士官が駆け寄ってきた。

「軍艦頭《がしら》」

「気圧が下がっているか」

「はい」

澤太郎左衛門の確認に航海士官がうなずいた。

「榎本さんにも知らせてくれ」

「はっ」

指示を受けた航海士官が船室へと向かった。

旧幕府海軍脱走艦隊旗艦《きかん》開陽丸は、甲板下に艦将室を持つ。わずか、四畳ほどの狭いものだが、余裕のない船のなかでは貴重な個室である。本来ならば、艦将ともいうべき軍艦頭である澤太郎左衛門が使用すべきだが、艦隊全体を指揮する榎本釜次郎が同乗しているため、譲っていた。

「……鉄太郎」

すぐに榎本釜次郎が甲板へ上がってきた。

「空が重いな」

榎本釜次郎が頭上を見回した。

「荒れるかも知れません」

澤太郎左衛門が難しい顔をした。

「咸臨丸、神速丸《しんそくまる》、長鯨丸、美賀保丸《みかほまる》あたりが耐えられぬか」

眉間《みけん》にしわを寄せて、榎本釜次郎が並走する輸送艦を見た。

これら輸送艦には、蒸気機関を装備しているものもあるが、主動力は帆である。蒸気機関の出力は弱く、とても嵐に耐えられるとは思えなかった。

「時機を待ちすぎたか」

榎本釜次郎が臍《ほぞ》をかんだ。

「徳川の行く末を見届けねばなりませなんだゆえ、それは今更でござろう」

徳川の無事に対する抑止力としての意味もあるが、新政府が徳川家を奥州で十万石にでもしたら、一戦交えるつもりでいたのだ。

旧幕府海軍が長く品川沖に留《とど》まったのも当然のことで、今更悔いは不要であった。

「しかしだな……」

すでに暦は八月の半ばを過ぎている。ときはまさに秋の盛り、台風の季節であった。

「早めるわけにはいかないにしても、遅くすることはできただろう」

榎本釜次郎が後悔を口にした。

「あれ以上遅くすると、新政府が出てきたと思いますが」

澤太郎左衛門が首を横に振った。

一応、勝海舟と西郷隆盛の会談で、幕府海軍のうちいくばくかを徳川家のものとして残すという約束はなされていた。

とはいえ、徳川家は敗残者である。勝者である新政府が約束を守るという保証はない。ましてや、新政府軍が新型艦の開陽丸、蟠竜丸《ばんりゅうまる》を取りあげようとするのは当然のことだ。

それを押さえて、新型艦を含む八隻も徳川は手に入れている。今は、江戸城接収で浮かれ、忙しさに紛れて、船のことまで気が回っていなくても、日が経《た》てば落ち着いてくる。落ち着けば、思い出す。

東洋最強といわれた開陽丸とそれに比肩する能力を持つ蟠竜丸、その二隻を旧幕府海軍に渡す怖ろしさに気づく。

「徳川から開陽丸を取りあげろ」

優秀な海軍を持つ薩摩はまだしも、まともな船さえない長州が目を付ける可能性は高い。

「約束が違う」

この言葉は無意味であった。

まず、勝者は敗者の生殺与奪《せいさつよだつ》を握る。これは人類が発祥して以来の鉄則である。敗者は勝者の情けにすがるしか生きていく術《すべ》はない。そして徳川は、幕府は負けたのだ。次に徳川家には約束を守らなかった過去がある。それも当の相手である長州毛利家に対してだ。

ことは関ヶ原の合戦まで遡《さかのぼ》る。石田三成《いしだみつなり》を首班とする大名と徳川家康を担ぐ大名が、豊臣秀吉死後の天下を争《まさ》って、美濃《みの》の関ヶ原で激突した。

当初、数で優る石田三成方が優勢だと考えられていた。しかし、蓋《ふた》を開けてみると小早川秀秋《こばやかわひであき》を始め、寝返る大名が続出、さらに主力である毛利軍が戦に参加せず、仲間が負けるのを傍観した。

これは毛利家の存続には徳川家康と敵対するのはまずいと考えた一門吉川広家《きっかわひろいえ》の手配りで、戦いに参加しない代わり、本領安堵《ほんりょうあんど》を頼むとの策であった。

裏切りと傍観が出ては、数の優勢などあっという間に吹っ飛ぶ。あっさりと石田三成以下は敗退、天下は豊臣から徳川へと移った。

　この天下分け目の戦いで、徳川家康は約束を反故《ほご》にした。

「改易する」

　徳川家康は毛利輝元《てるもと》を大坂城から退去させるなり、手のひらを返した。

「お約束が……」

　顔色を変え吉川広家が交渉、なんとか己に与えられる周防《すおう》、長門《ながと》の二国を本家へ譲り渡す形で、毛利の家名は存続できた。

　とはいえ、関ヶ原の合戦前、百万石をこえた毛利家の所領は三十万石ほどに減少させられた。

「徳川め、偽りを」

　長州毛利藩士たちは憤慨したが、すでに徳川は天下を押さえている。戦いを挑んだところで勝てるはずもなく、泣き寝入りするしかなかったのだ。

　その恨みを代々受け継いできた長州に徳川は負けた。まさか、今度は約束を守ってくれなどと、とても言えたものではなかった。

「やむを得なかったのでございまする」

　澤太郎左衛門が榎本釜次郎を慰めた。

「考えるのは後でもよろしかろう。まずは、どうするかを決めませぬと」

「そうだな」

台風への対処を優先すべきだと言った澤太郎左衛門に、榎本釜次郎がうなずいた。

二

船というのは意外に沈まない。

日本初の太平洋横断航海に出た咸臨丸も大嵐に遭《あ》いながら、無事にハワイを経由、サンフランシスコまでたどり着いている。

だが、艦隊行動となると話は変わった。

何隻もの軍艦が、一緒に航海する艦隊行動は、性能が同じ船同士でも難しい。それを蒸気機関の有無、船の全長、重量、形が違うもので艦隊を組まなければならないというだけでも面倒なところに、台風の接近である。

「曳航《えいこう》するしかあるまい」

榎本釜次郎が決断した。

「ケーブルを用意いたせ。できるだけ太いものを」

澤太郎左衛門の指示で、十二インチのケーブルが用意され、開陽丸と美賀保丸が繫《つな》がれた。

他に、回天丸が咸臨丸を、長鯨丸が千代田を牽引《けんいん》した。

「帆をたたませよ」

牽引される船の帆は、たたまなければ風の動きで船が引っ張られ、下手《へた》をすると曳《ひ》く船、曳かれる船の両方が事故することにもなりかねない。どれだけ風を読んでいても、突風は避けられなかった。なにより、今まで幕府海軍は江戸から西を縄張りとしてきただけに、関東以北の海はほとんどわかっていない。どこでどう潮の流れが、風が変わるかはまったく予想もつかなかった。

「罐《かま》を焚《た》け、嵐が来るまでに房総《ぼうそう》をこえる」

榎本釜次郎の指揮で、艦隊は速度を上げた。

とはいえ、重い僚船を曳いていては、さほど速度は上がらない。

そして、もっとも恐るべき事態が起こってしまった。

「おおい、おおい」

開陽丸に短艇《カッター》が近づき、大声をあげた。

「なんだ」

「回天丸の短艇のようです」

手燭《てしょく》で顔を照らした乗組員から、甲板員が見て取った。

「機関停止」

澤太郎左衛門の指図で、開陽丸がゆっくりと減速した。急な操船は、牽引している美賀保丸と衝突する危険がある。

「榎本さんを呼んできてくれ」

時刻は深更を過ぎている。

軍艦頭とはいえ、艦将にすぎない。僚船になにかあったときの判断は、艦隊を指揮する榎本釜次郎の役目であった。

「なにごとだ」

停船した開陽丸から縄ばしごが降ろされ、回天丸の乗組員が上がってきた。休んでいた榎本釜次郎が軍服を整えながら問うた。

「夜分、申しわけございませぬ」

回天丸の乗組員がまず詫《わ》びた。

「咸臨丸が久里浜《くりはま》で座礁《ざしょう》しました」

「……咸臨丸が座礁だと」

「大丈夫なのか」

報告に榎本釜次郎と澤太郎左衛門が絶句した。

座礁とは、水中に隠れている岩礁や沈船に、船底が当たることを言う。喫水《きっすい》線以下で起こることが多く、船にとって致命傷になることが多かった。

「咸臨丸は離礁できるか」

「回天丸で引っ張ろうという話も出たのですが、無理をすると船底の破損を大きくしてしまうやも知れず、ご指示をいただきに参りました」

回天丸の乗組員が告げた。

「ちっ、干潮だったのか」

「航路の確認をしていなかったのが、よろしくありませんでしたな」

榎本釜次郎と澤太郎左衛門が苦い顔をした。

「悔やんでも今更遅いな。となれば、この後どうするかを考えるべきだ。満潮はどのくらいになる」

「あと五時間ほどではないかと」

訊《き》いた澤太郎左衛門に回天丸の乗組員が予想を伝えた。

「夜が明けるな」

「いたしかたございますまい」

すでに明け方に近い。

少しでも早く、荒れる前に奥州へ向かいたいと考えていた榎本釜次郎を、澤太郎左衛門が宥《なだ》めた。

「咸臨丸を見捨てるわけにもいかぬ。ときは惜しいが、停泊をして、離礁を待とう」

「この辺りですと、猿島《さるしま》沖が他人目《ひとめ》に付かず、よろしいかと」

榎本釜次郎の決定に、澤太郎左衛門が助言した。

「そうだな。各艦に短艇を出せ。猿島沖に集結せよと伝えろ」

うなずいた榎本釜次郎が命じた。

榎本釜次郎と澤太郎左衛門は出させた短艇に搭乗、咸臨丸の離礁を見学していた。

「そろそろよかろう」

時刻はすでに四つ（午前十時ごろ）に近い。

「合図を送れ」

手旗信号が回天丸へと送られた。

「……食いこんでいるようには見えぬな」

岩礁が船底を突き破り、船内に入りこんでいると、なかなか離礁できず、引っ張られたほうへ船が傾くだけになる。

幸い、咸臨丸の座礁はそこまで重傷ではなかった。

「よし、動いた」

咸臨丸の動きがなめらかなものになった。

「とはいえ、応急処置をすませるまで、航行は避けるべきです」

喜んだ榎本釜次郎に澤太郎左衛門が首を左右に振った。

「……ああ」

榎本釜次郎が無念そうに同意した。

咸臨丸の本格的な修理は、港湾としての施設が調っているところでないとできない。喫水線以下の傷だと、水抜きができる船渠《せんきょ》が要《い》った。

「航行に支障がなければいい。仙台まで保《も》ってくれれば……」

旧幕府海軍は新政府に恭順していない奥羽越列藩同盟《おううえつれっぱんどうめい》を支援するために、北上している。

「無理はよろしくないかと」

「徳川に義理立てしてくれている奥羽越の諸藩が苦戦しているのだ。少しでも早く、援軍を届けねばならぬ。仙台が落ちれば、終わりぞ」

落ち着けと言った澤太郎左衛門に、榎本釜次郎が焦りを見せた。

徳川の行く末を確認していたため、旧幕府海軍の出発は遅れに遅れてしまった。

白河《しらかわ》の関《せき》をもって新政府軍を支え、仙台藩などの増援を得て押し返すという策は、白河藩主だった老中阿部正外《あべまさと》が兵庫開港の責めを負わされて隠居、跡を継いだ正静《まさきよ》が棚倉《たなぐら》へ転封《てんぽう》をされてしまい、空き城となった小峰《こみね》城が新政府軍の攻撃で落城したことで潰《つい》えた。

白河の関を手にした新政府軍は七月二十九日、二本松《にほんまつ》城をも落とし、さらに新潟から上陸した別働隊が、長岡《ながおか》城を攻略、戦線は大きく北へと押しあげられてしまっていた。

「会津《あいづ》が危ない」

榎本釜次郎が唇を噛《か》んだ。

会津藩は、京都守護職としてよく幕府を助けていた。藩主だった松平容保《かたもり》は篤実な性格で、先帝孝明《こうめい》天皇から弟とまで呼ばれ、寵愛《ちょうあい》を受けていた。

しかし、親幕府だった孝明天皇が崩御したことで、風向きは逆転、新政府から朝敵とされて討伐を受ける羽目になっていた。

「会津が負ければ、奥羽越列藩同盟は崩れる」

「……はい」

榎本釜次郎の危惧《きぐ》に澤太郎左衛門も同意した。

すでに出羽《でわ》以南は、新政府に恭順している。無理もなかった。なにせ、中心となるべき徳川家は降参してしまっているのだ。よく奥羽越列藩同盟が破綻《はたん》しないで保っていると澤太郎左衛門は思っていた。

「頑張って耐えてもらわねば、我らの国を造る余裕がなくなってしまう」

「たしかに」

今度は榎本釜次郎の焦燥を澤太郎左衛門も共有した。

榎本釜次郎と澤太郎左衛門は、奥羽越列藩同盟が新政府に勝てるとは思っていなかった。なぜなら、新兵器の購入と弾薬などの補充ができないからであった。

現在、後装銃やアームストロング砲などの新兵器は、海外からの輸入に頼るしかない状況である。しかも、そういったものを積載してきた海外からの船は、横浜、神戸に寄港する。つまり、新政府の勢力下でしか手に入らない。ときには金儲《かねもう》けをもくろんだ欧米の商人が、旧式の兵器を高く売りつけに来たりもするが、それも今ではほとんどなくなった。

「蝦夷《えぞ》に別天地を造り、食べていけなくなった徳川や脱走藩士に開拓をさせる」

勝海舟から、七十万石の徳川ではすべての旗本、御家人の面倒を見られないので、なんとか海軍の協力を得たいとの話を受けたときから、榎本釜次郎と澤太郎左衛門はいろいろ考え、ついに蝦夷地独立という結論に至っていた。

蝦夷地は長く徳川幕府に無視されてきた。

「領有をお認めいただきたく」

最初は慶長四年（一五九九）、松前慶広《まつまえよしひろ》が家康に臣従したことに始まる。もともと蝦夷地は松前氏の前身蠣崎《かきざき》氏の領有であった。松前慶広は天下の趨勢《すうせい》を読み、関ヶ原の前に徳川へ誼《よしみ》を通じ、蝦夷島の主《あるじ》として認められた。

蝦夷地はその気候が厳しく、米の栽培ができない。どれほど領地が広大であろうが、米が穫《と》れなければ、大名として遇されず、長く松前氏は交代寄合《こうたいよりあい》、旗本の扱いであった。

八代将軍吉宗《よしむね》のときに一万石格として大名に列したが、相変わらず蝦夷地は忘れられた土地であった。それが注目を浴びたのはロシアが南下し、蝦夷地に何度も船を寄こしたからである。国防の観点から、一大名である松前氏にロシアと接点を持たれるのはまずいと幕府は蝦夷地を取りあげた。

しかし、遠く、広大な蝦夷地の警衛は、幕府にとっても耐えがたい負担となり、三十年経たずして、蝦夷地は松前家に返還された。松前家は領地を取り戻すと同時に、北方の警備も預けられ、城を築くなどした。

だが、それもペリーが浦賀《うらが》に来るまでであった。日米和親条約が交わされ、各地が外国に開かれるとなったとき、箱館《はこだて》がその一つに選ばれ、またもや幕府に取りあげられていた。

榎本釜次郎たち旧幕府海軍は、奥羽越列藩同盟を支援しながら北上、幕府の崩壊で廃止された箱館奉行所などを接収、旧幕臣たちを入植させようとしていた。

「待つのは辛《つら》いな」

短艇で開陽丸へ帰った榎本釜次郎が、咸臨丸の応急処置に一日かかるというのを聞き、ため息を吐《つ》いた。

「品川沖で徳川家の処遇を待つのも長かった」

「ええ」

澤太郎左衛門も首肯《しゅこう》した。

「船乗りは待つのも仕事というが……」

いい潮が来るまで待たなければ、船はまともな航海ができない。だが、武士というのは逆であった。武士は勇んでこそであり、潮を怖れて怯《ひる》むなど論外であった。

「和蘭陀《オランダ》で開陽丸ができるまでの間も長かったですな」

澤太郎左衛門も同じ思いであった。

開陽丸の建造を幕府が決定したのは、文久《ぶんきゅう》二年（一八六二）のことである。当初はアメリカに注文を出すはずだったが、南北戦争のため注文に応じられないと断られ、オランダに頼むことになった。

「三百五十馬力の木造スクリュー船で、大砲などの武装一式、和蘭陀海軍の船が備えている航海用具一式、すべて最新式のものであること。武装は施条式砲二十六門で、その口径は造船技師長の判断に任せられる」

幕府の要望に基づき、オランダ政府はヒップス・エン・ゾーネン社に造船を任せ、翌一八六三年に造船が開始、二年後の一八六五年十一月二日に進水式がおこなわれた。一八六六年十二月一日、開陽丸はオランダを出航、日本への航海が始まった。

「二年だったな」

榎本釜次郎も懐かしんだ。

澤太郎左衛門と榎本釜次郎を始めとする幕府留学生は、文久二年九月十一日に日本を出発、文久三年四月十八日にオランダ、ロッテルダムに到着、幕府海軍長崎伝習所の教官であったカッテンディケらに迎えられた。

「カッテンディケ大尉が海軍大臣になられていたのには驚きましたな」

「ああ。できる人ではあったが、まさか海軍の長になっているとは思わなかった」

二人が顔を見合わせた。

「おかげで随分と便宜《べんぎ》を図ってもらえました」

「たしかに」

長崎で榎本釜次郎らを教えたカッテンディケは、日本人の勤勉さと優秀さに敬意を持ってくれ、留学生の世話だけでなく、開陽丸の建造にもかなりの便宜を図ってくれた。

「木造船は、もう古い。今は鉄造船ですよ」

カッテンディケは心からの忠告もくれたが、木造船というのは幕府の決定であり、オランダから日本へ変更の手紙を出し、返事を待っていては、建造が大幅に遅れてしまう。

「そのままでお願いします」

結果、開陽丸は木造になった。

「武装がクルップ砲に変えられたのは大きい、あれもカッテンディケどののおかげだ」


口径などは造船技師長の判断という一条が、開陽丸を強くしてくれた。クルップはオランダの製造ではなくドイツの重工業者であったが、そこの最新砲を手に入れるにはカッテンディケの助力があった。

「長いつきあいですな、開陽丸とも」

「だな。こいつがあれば、本土から海を隔てている蝦夷地は守れる。旧幕臣の国、その守護神こそ、開陽丸だ」

澤太郎左衛門の感慨に、榎本釜次郎が述べた。

三

結局、咸臨丸の修繕と夜間航行でまた座礁しては元も子もないと、艦隊は一夜を猿島で明かした。

「来るな」

澤太郎左衛門が甲板から、空を睨《にら》んで呟《つぶや》いた。

「出帆」

榎本釜次郎の合図で、開陽丸が先頭を切って猿島を離れた。

「できるだけ、岸から離れろ。ただし、見失うな」

天測儀や遠眼鏡《とおめがね》などの設備はあるが、天候が悪化すれば、どちらもまともには使えなくなる。また、波の翻弄《ほんろう》で上下左右に揺らされると、人の持つ感覚は狂い、前後左右どころか、天地までわからなくなることもある。澤太郎左衛門は現在位置を確認するために、陸地が進行方向の左手だと乗組員へ徹底させた。これさえ覚えておけば、嵐に巻きこまれ、どちらを向いているかわからなくなっても、陸地の影が見えればそれを左にするように針路を取ればいい。

澤太郎左衛門の危惧は当たり、二十二日夕刻、銚子《ちょうし》沖で波浪は酷《ひど》くなった。

「甲板から降りよ」

海が荒れ波が甲板を洗い始めたため、澤太郎左衛門が不要の乗組員を船内へと下げた。

「帆の確認をいたせ」

澤太郎左衛門が開陽丸のマストを確認させた。開陽丸も三本のマストを持っている。船に積める石炭の量には限界があるため、普段は帆走を主とし、蒸気機関はよほどでなければ使わない。

嵐になれば、船は風に翻弄されるがままになる。蒸気機関がついていたところで、たかだか四百馬力やそこらで嵐に荒れ狂う海をどうにかできるものではなかった。

本格的に天候が荒れれば、最新鋭の開陽丸といえども、舵《かじ》を使って襲い来る波を割るしかなくなる。横波を喰らえば、一気に船体が裂けてしまう。それこそ、神業のような操艦技術が要った。

そんなときに、折りたたんだはずの帆が広がればどうなるか。風を受けた帆によって、船は無理矢理その方向を変えさせられ、操艦を失って転覆する羽目になる。

「大丈夫です」

さっとマストに上った甲板員が帆の縛りを確認した。

「よし、おまえたちも降りろ」

澤太郎左衛門が操艦する者だけを残した。

「砲門窓をしっかり締めておけ」

降りていく甲板員に澤太郎左衛門がさらなる指示を出した。

「はっ」

甲板員がうなずいて消えた。

「さて、生き残るぞ」

操艦要員として澤太郎左衛門は己の他に二人を選んでいる。

「しっかりと結べ。波に攫《さら》われたら助けられぬ」

すでに海は暗くなりつつある。荒れた海、それも夜となれば、落ちた者を救うことはできなくなる。短艇を下ろすどころか、船を止めることさえできなくなるのだ。

「はっ」

操艦要員が胴体にロープを何重にも巻き、甲板に出ている鉄の杭《くい》に結びつけた。

澤太郎左衛門が渦巻く夜の雲を見上げた。

「一夜の勝負だな」

八月二十二日深更、荒天は最高潮に達した。

「舳《へ》先《さき》を……ぶふっ」

わずかな指示を出そうにも、口のなかに潮が入ってきて中断させられる。

「み、美賀保は見えるかっ」

苦労して出した澤太郎左衛門の声に応じる者はなかった。

「おのれっ」

これだけの嵐を澤太郎左衛門は経験したことがなかった。

「ふわっ」

舵輪《だりん》を握っていた操艦要員が、妙な声をあげた。

「どうした」

近づいて、澤太郎左衛門が耳元で叫んだ。

「不意に……手応《てごた》えが」

操艦要員が戸惑っていた。

「舵がやられたか」

澤太郎左衛門の顔色が一層白くなった。

船にとって、今も昔も大切なのが舵であった。船を進める方法は人力、風力、蒸気機関と変化してきたが、方向を変えるものはずっと舵であった。

人力や風力を動力にしているならば、まだよかった。人力ならば片側だけに力を集中すれば、その反対側へと船を曲げられる。風力ならば帆を操ればなんとかなる。もっとも舵があるときほど楽ではないし、細かい方向転換はできない。

しかし、蒸気機関は、とくにスクリュー推進は違った。

開陽丸は、トランク・スチームエンジンを一基積んだ一軸スクリュー推進の新鋭艦である。出力も四百馬力を誇る。

スクリュー推進の特徴は小回りがきくということだ。スクリューで水をかき回し、推進力を得る。その推進力のもっとも近くに舵が置かれている。外輪船などよりもはるかに、舵の利きが早い。その代わり、舵がなくなれば推進力は一方向にしか向かず、方向転換が極めて困難になった。

「操舵《そうだ》を頼む。後ろを見てくる」

ふたたび大声で澤太郎左衛門が操艦要員に告げた。

「………」

操艦要員は舵輪を握るのに必死で、返事もできなかった。

「ロープを」

命綱を無防備に外すほど、澤太郎左衛門は命知らずではない。欧州から日本まで開陽丸を曳航してきたのだ。当然、天候の変化も経験している。嵐のときもあった。多少の揺れで体勢を崩すほどやわではない。

それでも甲板を洗う波は怖ろしい。波は足下を濡《ぬ》らし、滑りやすくするうえ、体温を奪う。体温が低くなれば、体力が急激に消耗する。消耗はいずれ頭にも及び、意識が飛びかける。ほんの一瞬でも意識を失えば、身体《からだ》は倒れ、そのまま海へと波によって運ばれる。

澤太郎左衛門は慎重に慎重を重ねて、艦尾へと近づいた。

「ケーブルが……」

ぴんと張っているはずのケーブルが、だらしなく垂れていた。

「……これは、切ったのか」

ケーブルをたぐり寄せた澤太郎左衛門は、その切り口が鋭利なことに気づいた。

「美賀保丸……」

嵐に耐えきれないと考えて、美賀保丸の軍艦頭宮永扇三《みやながせんぞう》は自らケーブルを切断し、開陽丸を道連れにするのを避けたのだ。

舵が軽くなったのは、開陽丸にかかっていた美賀保丸という錘《おもり》がなくなったからであった。

「………」

澤太郎左衛門は、美賀保丸の消えた先を見たが、そこには漆黒しかなかった。

美賀保丸は、慶応元年（一八六五）六月、長崎で購入されたバルク型帆船で、原名をブランデンブルグといった。全長五十二・二メートル、船幅九・九メートル、排水量八百トン、プロシアで建造された旧式の船であった。

美賀保丸には、幕府遊撃隊《ゆうげきたい》や脱走旗本などを含めて七百人弱が乗りこんでいた。

「ぐえええ」

「いっそ、殺してくれ」

船内は阿鼻叫喚《あびきょうかん》に満ちていた。

もともと船になんぞ、乗ったこともない陸軍の兵ばかりなのだ。普通でも船酔いをするというのに、翻弄される木の葉のような揺れには耐えきれない。

波に攫われるため、甲板へ出ていくこともできず、吐瀉物《としゃぶつ》があちこちにまき散らされている。

「たまらぬの」

遊撃隊二番隊隊長だった剣豪伊庭八郎《いばはちろう》が、一人甲板へと逃げ出した。

「なにをしている。危ないではないか」

伊庭八郎が近づいてくるのを見た美賀保丸艦将宮永扇三が叱《しか》りつけた。

「なかのほうが、よほど生き死にじゃ。臭いわ、蒸し暑いわ、うるさいわ」

伊庭八郎が嘯《うそぶ》いた。

「……だが」

「このていどの揺れ、なにほどのこともなかろうに」

波打つ甲板にも伊庭八郎はまっすぐ立っていた。

「……さすがは伊庭道場の俊英」

宮永扇三がその様子に感心した。

「主家に命を預けたのだ。生き死になんぞ天の定めじゃ」

命を惜しむから、恐怖で心が揺れ、足下もおぼつかないのだと伊庭八郎が笑った。

伊庭八郎は江戸御徒町《おかちまち》にあった心形刀流《しんぎょうとうりゅう》道場練武館《れんぶかん》の宗家であった。十四代将軍家茂《いえもち》の奥詰め大番士として召し出され、十五代将軍慶喜の護衛として上洛《じょうらく》した。新政府軍との戦いでは、鳥羽伏見の合戦で敗走、江戸へ戻ってから各地を転戦、箱根関所を巡って小田原藩と争ったときに、左手首を失う大怪我《おおけが》をしていた。上野彰義隊《しょうぎたい》の敗北、徳川家の駿府移封《いほう》などで、多くの仲間が脱落するなか、死に場所を求めているかのように戦場を求め、今回も旧幕府海軍脱走に参加していた。

「生き死には天に……まったくでござるな。いや、よき言葉じゃ」

宮永扇三が伊庭八郎に一礼した。

「……保《も》ちませぬぞ」

操舵輪を握っていた士官が、悲鳴をあげた。

「わかった。このままでは開陽丸も道連れにしてしまう。牽引索《さく》を切る」

「……それはっ」

宮永扇三の決断に士官が息を呑《の》んだ。

「死ぬならば、我らだけでよかろう」

「…………」

「おもしろいな」

笑いながら言う宮永扇三に士官が黙り、伊庭八郎が頬を緩めた。

「牽引索というのは、あれか」

伊庭八郎が船首を見た。

「ああ、今、斧《おの》で……」

「…………」

十二インチのケーブルともなると、そうそう切ることはできない。宮永扇三が斧を用意させると言うのを無視して、伊庭八郎が片手で器用に太刀《たち》を抜き、するすると揺らぐ甲板を進んだ。

「伊庭どの、無茶だ」

宮永扇三が止めた。

牽引索は開陽丸と美賀保丸を繋ぎ、張力一杯に伸ばされている。それを足下不安定な甲板にもてあそばれながら、太刀で切るなどできるはずもなかった。できたとしても、切られた途端にケーブルが張力から解放されて跳ねる。そのケーブルに触れでもしたら、身体の半分は持っていかれてしまう。

「……ぬん」

制止も聞かず、伊庭八郎が一本のケーブルを切断した。

「わっ」

片方の緊張を失った美賀保丸の重心が狂い、士官があわてて舵輪を安定させた。

「避《よ》けろ」

宮永扇三が叫んだ。

二本でなんとか耐えていたケーブルが、一本に減った。残った一本が耐えきれなくなって爆《は》ぜるようにして、切れた。

「………」

とんと後ろへ跳んで、伊庭八郎が暴れるケーブルから逃げた。

「無茶をする」

死にかけたというように顔色一つ変えない伊庭八郎に、宮永扇三があきれた。

「海の上じゃ、このくらいの役にしか立たぬ」

伊庭八郎が笑った。

「保ちません」

操舵員が悲鳴をあげた。

美賀保丸は舷側《げんそく》が波に浸《つ》かるほど、大きく左右に傾き出した。

「開陽丸に頼っていた安定がなくなったからか」

宮永扇三が唇を噛んだ。

「やむを得ぬ。帆柱を断て」

「それでは、航行能力を失います」

操舵員が反対した。

「沈むよりはましだ。このままでは帆柱の先が海に浸かる。そうなれば、引っくりかえる」

宮永扇三が強く言った。

帆船の復原力はかなり高いが、それでも限界はある。もし、マストの先が水に浸かれば、復原に対する抵抗が増え、そのまま転覆してしまう。帆はたたんであるが、これだけ強い風だと丸めていても影響を受ける。

「後のことは生き延びてからでよかろう。この海に落ちれば、我らでさえ危ない。兵たちはまず助からない」

馬上、槍《やり》、刀で戦う旗本は水練《すいれん》などしない。泳げないのだ。それに重石《おもし》になるからとわかっていても武士の象徴でもある刀を捨てるなどできるはずもなかった。

「失礼をいたしました」

操舵員が詫びた。

「急げ、こんなところで死んでたまるか」

宮永扇三が手を振った。

四

開陽丸は美賀保丸という荷から解き放たれたおかげで、少し安定を取り戻した。

しかし、波浪は開陽丸を何度も海の上へと撥《は》ねあげ、そのたびスクリューが空を切る音が聞こえた。

「まずい」

澤太郎左衛門がその音を聞くたびに眉間にしわを寄せた。

当たり前だが、そのときは船が大きく揺さぶられている。艦将室で今後の話し合いをしている澤太郎左衛門と榎本釜次郎も飛ばされないように、絶えず船体を摑《つか》んでいなければならなかった。

幸い、艦将室の装備品は机も椅子も船体に固定されており、摑まるところには困らない。

「空回りは蒸気機関に負担をかける」

「だが、蒸気機関を止めるわけにはいかぬぞ。それこそ、どこへ船が流されるかわからぬ」

懸念《けねん》を表する澤太郎左衛門に榎本釜次郎が反論した。

「スクリューで少しでも船は安定しているのか」

澤太郎左衛門の疑問に、榎本釜次郎が自信なげな表情を浮かべた。

「しているだろう」

「スクリューを止めたい」

澤太郎左衛門が申し出た。

「……一度止めると、ふたたび動くかどうかわからぬぞ」

榎本釜次郎が危惧を口にした。

蒸気機関を止めるわけではないが、スクリューを止めるとなればその出力を絞ることになる。これだけの揺れである。火を絞れば、消えてしまう怖れがあった。なにより、圧力を減じた罐《かま》が波風による圧迫で変形するかも知れないのだ。

「壊れるよりはましだろう」

オランダ以来の仲である。澤太郎左衛門は榎本釜次郎に階級をこえた対応をした。

「………」

「壊れては、修理《なお》せぬぞ。仙台にも箱館にも、開陽丸の蒸気機関を直すだけの施設も職人もいない」

黙った榎本釜次郎に、澤太郎左衛門が告げた。

蒸気機関は日本にとって、最新の技術である。

水を沸かし、発生する蒸気を利用してエンジンを動かすという基本原理はわかっていても、それを組み立てたり、修繕したりするだけの経験が日本にはまだない。いくら日本の鍛冶《かじ》職人が器用だとはいえ、なにに使う部品か、どういう負担がかかる部位なのかがわからなければ、まともなものを作ることはできず、もし、開陽丸の蒸気機関が故障あるいは破断したならば、横浜までもっていかなければ修理や交換はできなかった。

そして横浜は敵地、新政府が開陽丸の入港を許すはずなどない。

「……わかった」

榎本釜次郎がようやく首肯した。

「これで、開陽丸も美賀保丸と同じだな」

漂うだけになったと榎本釜次郎が力なく笑った。

「開陽丸は沈まぬ」

強く澤太郎左衛門が断言した。

「美賀保丸はどうなると思う」

澤太郎左衛門の断言には応えず、榎本釜次郎が問うた。

「十分、岸からは距離を取っていた。座礁はないだろうが……」

「船体が保《も》たぬか」

「………」

榎本釜次郎の確認を澤太郎左衛門が無言で流した。

船は正面から波を受けるぶんには、竜骨《りゅうこつ》といわれる船の中央を支える構造体のおかげでマストをこえる大波であろうともどうにかできる。対して、横波には弱い。横から波を喰らえば容易に、重心が狂い転覆する。酷ければ、船体がねじれるように破断するときもあった。

「扇三なら、大丈夫だ。きっと、美賀保を守ってくれる」

榎本釜次郎が己に言い聞かせるようにした。

「そうだな」

澤太郎左衛門も同意した。

「美賀保丸のことより、開陽丸だ。我らが生き残らなければ、蝦夷地開拓は絵に描《か》いた餅《もち》にさえならぬのだからな」

「たしかに」

二人がうなずき合った。


嵐は二日続いた。

排水量二千五百九十トンを誇る開陽丸は翻弄され続けた。

「……助かった」

台風一過、空が晴れ渡った。

「ああ……」

「うわあああ」

甲板に出た乗組員たちが、歓喜を露《あら》わにしたり、脱力で座りこんだり、感涙にむせんだりした。

「生き延びたな」

「さすがは開陽丸」

目の下に隈《くま》を作った榎本釜次郎と澤太郎左衛門が、肩をたたき合った。

「皆もよくやってくれた」

榎本釜次郎が乗組員を褒《ほ》めた。

「たしかに」

澤太郎左衛門も同意した。

「しかし……」

すぐに榎本釜次郎が難しい顔をした。

「僚艦の姿がない」

榎本釜次郎が瞑目した。

海というのは遮るものがなく、天気さえよければ、かなり遠くまで見通せる。だが、見える範囲に船影はなかった。

「マストに上がれ。周囲を確認せよ」

澤太郎左衛門が、指示を出した。

少しでも高いほうが、よく見える。また、マストに上る見張り員は、乗組員のなかでも遠目の利く者が任じられる。

「はっ」

座りこまず、控えていた見張り員が猿のようにマストを上り、見張り台へと到達した。

「…………」

見張り員が四方へと目をやった。

「どうだ。なにか見えるか」

待ちきれず、榎本釜次郎が見張り員に声をかけた。

「……左手に陸地が」

しばらくして見張り員がそれだけを答えた。

見張り員も榎本釜次郎の求めているものがなにかはわかっている。また、同じように脱走した仲間なのだ。僚艦が心配なのは当然であった。

「そうか」

榎本釜次郎がため息を吐《つ》いた。

「どうする」

澤太郎左衛門が問うた。

「無理だろう。探しには行けぬ」

小さく榎本釜次郎が、首を左右に振った。

自艦の場所さえわかっていないのだ。

「石炭も減った」

嵐に遭う前になんとか半島を抜けようと蒸気機関を目一杯動かしている。最大石炭積載量四百トンの開陽丸だが、すでにその残量は目で見てわかるほどに減っている。

僚艦が前にいるのか、後ろにいるのか、どこかの港に避難しているのか、なにも判明していないのに無闇矢鱈《むやみやたら》と動き回っても、貴重な石炭を消費するだけであった。

「回天丸も蟠竜丸もある。大丈夫だろう」

美賀保丸は自らケーブルを断って開陽丸と離れたが、他の輸送船も同じ行動に出たとは限らない。牽引されたままで嵐を耐えた可能性もあった。

「…………」

榎本釜次郎の希望を、澤太郎左衛門が無言で肯定した。

「集合は仙台塩竈《しおがま》と決まっている。皆、追いついてくる。我らの理想は、嵐くらいで潰《つい》えるほど軽いものではないからな」

自らを鼓舞するように、榎本釜次郎が口にした。

「どの辺りまで流されたか、海図を確認してくる。天測班、計測を終え次第、艦将室まで来るように。急げよ、奥州を助けねばならぬ」

指示を出した榎本釜次郎が艦将室へと降りていった。

「奥羽越列藩同盟か。勝てぬとわかっているだろうに……会津、仙台、米沢《よねざわ》の思惑は同床異夢としか思えぬが、開陽丸の修繕を頼めるのはそこしかない」

見送った澤太郎左衛門が嘆息した。

「休息は後だ。船の被害をまず調べよ」

大きく息を吸って気分を変えた澤太郎左衛門が乗組員たちを督励した。

「はい」

誰もが疲れ果てていた。丸二日、まんじりともできなかったのだ。

いつ船体が折れるか、いつ船が転覆して、海のなかに沈められるか、ずっとその恐怖にさらされてきた。

さすがに開陽丸の乗組員に選ばれるだけに、風や波がどれだけすごくとも、悲鳴をあげる者や吐瀉物をまき散らす者はいなかったが、それでも精神はずたずたになっている。

艦将たる澤太郎左衛門の命への対応が、多少鈍くなってもいたしかたないことであった。

「機関正常。圧力上昇を確認」

「そうか」

蒸気機関がやられていないとの報告に、澤太郎左衛門が安堵した。

「スクリューにもゆがみ、破損なし」

「船体に目立つ異常なし」

船の上からの確認でしかないが、航行への支障はない。

「うむ」

澤太郎左衛門が満足げに首を縦に振った。

「短艇が三艘《そう》なくなっています」

船からの脱出、連絡に使われる短艇は、出し入れがしやすいよう舷側に設置されているため、もっとも波浪の影響を受けやすい。

「三艘ですんだならばよしとせねばなるまい」

小さく澤太郎左衛門がため息を吐いた。

嫌な話が続いた。

「艦将、報告」

紙のように白い顔色をより蒼白《そうはく》にした乗組員が、澤太郎左衛門に駆け寄ってきた。

「どうした」

「舵が故障しており、動かせません」

乗組員が悲愴《ひそう》な顔をした。

なんとか沈没を免れたとはいえ、船の損傷はある。それを確認してからでなければ、危なくて航海を開始するわけにはいかないと船を止めたままだったことが、舵の破損に気づかせるのを遅くした。

「なんだと」

聞いた澤太郎左衛門が急いで、舵輪に飛びついた。

「……くっ」

舵輪を回そうとした澤太郎左衛門だったが、その抵抗の大きさに呻《うめ》いた。

「蒸気機関に石炭を入れろ。微速前進をかける」

舵は動いてこそ効果を出す。漂流しているだけでも舵は利くが、はっきりとはしない。

澤太郎左衛門は舵の損害を判定するため、船を動かせと命じた。

自ら舵輪を握った澤太郎左衛門は、動き出した開陽丸の反応に唸《うな》るしかなかった。

「……舵が利かぬだと」

事態を聞いた榎本釜次郎が、ふたたび甲板へと姿を現した。

「まったく利かないわけではないのだが……」

澤太郎左衛門が舵輪の前を空けた。

説明するより、握らせたほうが早いと思ったのである。

「これでは……」

その利きの悪さに榎本釜次郎が眉をひそめた。

「確かめろ」

「はっ」

船尾から乗組員がロープを使って、舵の側《そば》まで降りた。

「……折れているわけではありませぬ」

まもなく、答えがあった。

「軸がゆがんだか」

「おそらくは」

「むうう」

榎本釜次郎の推測を、澤太郎左衛門も認めた。

「最悪ではなかったが……」

「帆を使って、船を操るしかなくなったな」

重なる悪状況に、二人の表情が曇った。

「いや、困難をこえてこそ、想《おも》いに届くのだ。これくらいはどうというわけではない。我らは生きている」

「そうだ」

沈みかけた雰囲気を吹き飛ばすように、榎本釜次郎が檄《げき》を発した。

「嵐に勝ったのだ。神意は我らにあり、新政府なにするものぞ」

乗組員たちも檄に乗った。

「ああ、開陽丸は戦うとも」

澤太郎左衛門が口のなかで呟いた。

第四章　揺れる海

一

蒸気機関を持つ軍艦は入港のとき石炭を焚《た》いて、煙突から黒煙を出すのが慣例とされている。これは航海の最中、石炭の配分をまちがわず、まだまだ在庫があると見せつけ、艦将の能力を誇るのである。

「黒煙じゃ」

「船、軍艦ぞ」

慶応四年（一八六八）八月二十七日、仙台藩松島《まつしま》港の岸壁で多くの人が歓声をあげた。

「まちがいない。開陽丸じゃ」

「傾いとるし、なにやら妙な動きぞ」

前日に松島港へ着いていた回天丸艦将甲賀源吾秀虎《こうがげんごひでとら》と千代田艦将森本弘策《もりもとこうさく》が、開陽丸の様子に眉間《みけん》を曇らせた。

「開陽丸は、たしか美賀保丸を牽引《けんいん》していたはずだが……」

甲賀源吾が開陽丸よりも沖合を見た。

「牽引索《さく》が切れたのであろう」

森本弘策が答えた。

「どうやら開陽丸だけのようだな」

「蟠竜丸《ばんりゆうまる》、神速丸、咸臨丸《かんりんまる》の影もない」

二人が顔を見合わせた。

「……開陽丸が無事だというだけでよしとせねばなるまい」

「ああ。いかに回天丸がいい軍艦でも、単艦ではなにほどのこともできぬ。海は広すぎる」

森本弘策のため息に甲賀源吾が同意した。

「短艇《カッター》が着いたな。迎えに行こう」

「榎本さんに話をせねばならぬこともある」

二人が波止場へと足を進めた。

「……源吾に弘策、無事だったか」

短艇から陸《おか》へ上がった榎本釜次郎武揚が、喜色を浮かべた。

「なんとかな」

「マストは喰《く》われたが」

森本弘策と甲賀源吾が苦笑した。

「まさに地獄の嵐であった」

榎本釜次郎が同意した。

「言いにくいことを訊《き》くが、美賀保丸はどうした。長鯨丸と蟠竜丸も」

「…………」

甲賀源吾の問いかけに榎本釜次郎が苦い顔をした。

「長鯨丸と蟠竜丸はわからぬ。嵐に入ったところで見失った。美賀保丸は……」

榎本釜次郎が一度深呼吸をした。

「……牽引索を切ってくれた」

「そうか」

絞り出すような榎本釜次郎に、甲賀源吾が短く応じた。

牽引索は、足の遅い船を引っ張ることで艦隊の足並みを揃《そろ》えるために有効であるが、嵐に遭《あ》えば道連れにしかねない危うさも持っている。

切ってくれたとの答えに、甲賀源吾は美賀保丸の覚悟を見た。

「そちらはどうだ。他の艦の行方《ゆくえ》を知っているか」

「………」

無言で甲賀源吾が首を横に振った。

「そうか」

榎本釜次郎が嘆息した。

「集合は仙台だとわかっている。ここで待つしかなさそうだな」

「だの。軍艦はあっても人がおらぬ」

海へ振り返った榎本釜次郎の意見に、甲賀源吾が同意した。

開陽丸、回天丸、千代田も現役の軍艦として、十分戦えるだけの能力を持っている。しかし、奥羽越《おううえつ》列藩同盟を助ける役にはあまり立たなかった。

船は陸の上を進むことができないため、どれほどの大砲を擁していようとも、陸上での戦いには参加できない。

榎本釜次郎率いる旧幕府海軍の役目は、補給の確保、敵援軍の海上輸送の阻止、そして陸軍兵力の輸送である。

今回の航海でも旧幕府海軍は、咸臨丸、美賀保丸などの輸送船に洋式歩兵や精鋭隊などの旧幕府脱走兵を満載していた。

陸戦できる戦力を持たない海軍など、拠点を維持することさえできないのだ。

「無事であればいいが」

「開陽丸はどうだ。見たところ、かなりやられているようだが」

祈るような榎本釜次郎に森本弘策が話を変えた。

「舵《かじ》がやられた。マストもな」

「それで、妙な姿勢なのか」

榎本釜次郎の言葉に甲賀源吾が理解した。

「そっちはどうだ」

「こちらはそこまでではないが、マストが開陽丸同様やられた他は、舷側《げんそく》に裂け目ができたくらいじゃ」

「千代田は水を被《かぶ》ったくらいですな。あやうく沈没しそうになりましたが、新造船は強い」

回天丸はプロシア製の外輪船をイギリスで武装強化したものだが、千代田は造船技術取得と購入による経費増大を防ぐために幕府が石川島《いしかわじま》造船所で建造した。就役が慶応二年（一八六六）と艦齢は若い。千代田は同じ形《かた》で後続艦が数隻予定されていたが、長州征伐の敗北などで中止となっていた。

「仙台藩に修理を頼まねばなりませぬな」

次の短艇で上がってきた澤太郎左衛門貞説《さだとき》が加わった。

先日の嵐で短艇を三艘《そう》失ってしまった開陽丸である。そのやりくりも大変であった。命の瀬戸際を共にくぐったことで、澤太郎左衛門と榎本釜次郎の息はよりしっかりと合うようになっていた。

「人は出してくれたか」

澤太郎左衛門が甲賀源吾へ訊いた。

「うむ。昨日、仙台藩の役人に、我らが来たことを藩庁へ報《しら》せてくれと頼んである」

甲賀源吾がうなずいた。

「ならば、それまでの間に、できることをしておこう。潮を浴びてかなりの水と食料が駄目になっている。火薬も一部使いものにならぬ。その補充をいたそう」

「火薬はこの辺りでは手に入るまい。食料と水は仙台藩に頼めば、融通してくれよう」

澤太郎左衛門の発案に森本弘策が難色を示した。

「いや、できることはすぐにでもしておくべきだ。いつ、仙台を出なければならなくなるかわからぬぞ」

「……仙台が裏切ると」

甲賀源吾が怪訝《けげん》な顔をした。

「御三家の尾張が裏切ったのだ。仙台が別だとは言えまい」

冷たく澤太郎左衛門が応じた。

「………」

そう言われれば、反論はできない。

甲賀源吾と森本弘策が黙った。

「水と食料だけでも話を付けておくべきだ」

榎本釜次郎が決定した。

「金を遣うことになるぞ。なにより、まずは船を修理せねば、水や食料を積んだところで、穴の開いた桶《おけ》同様だ」

森本弘策が首を左右に振った。

「むう……仙台藩に談判するしかないか」

榎本釜次郎が難しい顔をした。

仙台城下に、旧幕府海軍の船が入港したという報せが届いたのは、八月二十六日であった。

「やっとか」

奥羽越列藩同盟軍務局応接役の玉虫左太夫《たまむしさだゆう》が、歓声をあげた。

「駕籠《かご》を用意してくれ」

ただちに松島港へ向かうと玉虫左太夫が告げた。

玉虫左太夫は仙台藩下士の出自を悲観して脱藩、昌平坂《しょうへいざか》学問所頭取林《はやし》家に奉公、その伝手《つて》で外国奉行新見豊前守正興《しんみぶぜんのかみまさおき》の従者となった。新見豊前守が日米修好通商条約批准のために渡米したおりには供をし、アメリカだけでなく、アフリカ、香港などを見聞してきた。

帰国後、その新知識を欲しがった仙台藩から脱藩の罪を許されたうえで、藩校の教授方をしていた。

アメリカの衆議政治に憧れ、それを奥州で実現すべく、奥羽越列藩同盟の結成にもかかわり、現在はその外交を担当していた。

「拙者も行かせていただきたく」

会津《あいづ》藩士小野《おの》権之丞《ごんのじょう》が同行を求めた。

「宗家の軍勢じゃ。会津が出迎えずしてどうする」

小野権之丞にしてみれば、会津は幕府のために痛い思いをしていたのだ。すでに白河《しらかわ》が落ち、会津に新政府軍が迫っている今、わずかの援兵でもかまわない。できるだけ早く、会合して、会津へ来てもらわなければならないとの思いからの行動であった。

「よかろう」

玉虫左太夫が認めた。

不思議なことに会津藩は奥羽越列藩同盟には加盟していなかった。これは、奥羽越列藩同盟の主旨の一つが会津藩救済であったからである。それでは、奥羽越列藩同盟は第三者として、新政府軍との対応ができなくなる。

だからといって、なんでもかんでもおんぶに抱っこというわけにはいかない。そこで小野権之丞たちは、会津藩からの連絡役として奥羽越列藩同盟の軍務局に出向していた。

「……本当にあれか」

「なんと……」

港に着いて、駕籠から降りた玉虫左太夫と小野権之丞が唖然《あぜん》とした。

威風堂々と仙台の海を制しているはずの、旧幕府海軍は満身創痍《まんしんそうい》といった有様で、とても戦えるようには見えなかった。

「仙台藩のお方か」

榎本釜次郎が二人に気づいた。

「貴殿は」

「榎本釜次郎でござる」

「おおっ。お名前はかねがね。拙者、仙台藩士で奥羽越列藩同盟軍務局勤務の玉虫左太夫でござる」

「会津藩小野権之丞にございまする」

それぞれの名乗りが終わった。

「榎本どの、これはいったい……」

玉虫左太夫が、艦隊のことを問うた。

「嵐でござる。房総沖で嵐に遭いまして、艦隊は散り散り、船も大きく傷を受けてしまいました」

情けなさそうに榎本釜次郎が述べた。

「嵐でございまするか。あれはいけませぬな。拙者も渡米のおり、ポーハタン号で大嵐に遭いましたが、生きた心地はいたしませなんだ」

玉虫左太夫が、慰めた。

「ポーハタン……とすれば、貴殿があの玉虫どのか」

後ろでやりとりを聞いていた澤太郎左衛門が、思わず確認した。

「いかにも。新見豊前守さまのお供をして亜米利加《アメリカ》へ参りました。貴殿は」

「これは失礼をいたした。開陽丸艦将の澤太郎左衛門でござる」

他人の名前を尋ねるときには、まず己が名乗る。その礼儀を忘れていたことを澤太郎左衛門が恥じた。

「いろいろとお話を伺いたいところでござるが、まずは、船の修理をお願いできましょうや」

澤太郎左衛門が玉虫左太夫に頼んだ。

「手配いたしましょう」

奥羽越列藩同盟の援軍になる。玉虫左太夫は、己の権限で認めた。

「玉虫どの。できれば仙台侯にお目通りを願いたいが」

榎本釜次郎が玉虫左太夫へ求めた。

「すぐにとは参りませんが、お目通りはかないましょう」

玉虫左太夫が、うなずいた。

大名というのは、権威を重視する。

会いたいと言われたからといって、すぐに目通りを許せば、軽く見られる。たとえ用がなくとも、忙しくて数日後でなければなどと告げて、引き延ばすのだ。

「奥羽越列藩同盟との連携もある。できるだけ早く、お目通りできるよう願いたい」

「わかっておりまする」

当然ともいうべき榎本釜次郎の要望に、玉虫左太夫が首肯《しゅこう》した。

「とりあえずの用件はこれくらいでござる」

「ならば、少しお話を伺いたく」

重要な案件については終わったと言った榎本釜次郎に玉虫左太夫が求めた。

「それはこちらからお願いしたいくらいでございまするが……あいにく艦にお招きできる状態ではござらぬ」

澤太郎左衛門が無念そうに、首を左右に振った。

「網元の屋敷を借りましょう」

玉虫左太夫が、会議の場所を用意した。

二

「……さて、まずは現況の共有をいたしたいと存ずる。玉虫どの、お願いいたす」

会議は榎本釜次郎の口切りで始まった。

「相馬《そうま》藩が降伏したことはご存じでしょうや」

玉虫左太夫が、問うた。

「そこまでは聞いておりまする」

榎本釜次郎がうなずいた。

旧幕府海軍は八月十九日までは、品川沖に停泊していた。そのときまでに江戸へ報された状況は、さすがに知っていた。

「すでに白河の関は破られ、七月二十九日には二本松城も落ちてござる」

玉虫左太夫が、述べた。

慶応四年五月六日、奥羽越列藩同盟は朝敵指名された徳川家、会津藩などの救済を主たる目的として成立した。

三十一藩からなった奥羽越列藩同盟は、輪王寺宮《りんのうじのみや》を盟主に担ぎ出し、総裁を参加している藩のなかで石高の多い仙台藩、米沢藩《よねざわ》とした。

「一体、なにをしていたのだ」

奥羽越列藩同盟に参加している諸藩が次々に脱落していく様子に、榎本釜次郎が怒りを見せた。

「恥ずかしいことでござる」

玉虫左太夫が、申しわけなさそうに頭《こうべ》を垂れた。

「榎本どの」

澤太郎左衛門が榎本釜次郎を宥《なだ》めた。

もともと寄せ集めであった奥羽越列藩同盟は、まとまりがなかった。また、国境を接する藩同士のもめ事や、過去の因縁《いんねん》などを水に流せなかったことが、その連携を崩した。

新政府軍の攻撃を受けた藩への援軍を出さない、あるいは出してもかなり遅いなどという欠点が、奥羽越列藩同盟を潰《つぶ》した。

また、総裁とされた仙台藩が、動かなかったのも大きな原因となった。

奥羽越列藩同盟には、六十二万石の仙台藩や二十万四千石の久保田《くぼた》藩など、戦国時代の雄藩が参加していたが、大藩の常、意見統一は難しく、非常事態にもかかわらず、動きが鈍くなった。

結果、奥羽越列藩同盟は結成以来、後退を続け、ついに仙台藩が新政府軍と直接対《たい》峙《じ》するまでになった。

「貴藩はどうなさる」

冷静に澤太郎左衛門が問うた。

「…………」

玉虫左太夫が、黙った。

「動かれぬのだな。いや、動けぬと」

「……情けないことでございまする」

澤太郎左衛門の言葉を、玉虫左太夫が認めた。

「藩内が、抗戦か恭順かでもめておりまして……」

玉虫左太夫が口ごもった。

「藩侯はどのように……」

榎本釜次郎が仙台藩主伊達《だて》慶邦《よしくに》の考えを問うた。

「殿は、いつも藩のことをお考えでございまする」

玉虫左太夫が、どちらともつかない答えで逃げた。

脱藩は捕まれば死罪、上意討ちを出されても当然の重罪であった。なにせ脱藩は、家臣が主君に仕えるのが嫌だと表明するも同然の行為であり、忠義をその根本とする武士の考えを崩すものだからである。

その重罪を犯した玉虫左太夫を許し、ふたたび藩士として受けいれ、中小姓《ちゆうごしよう》格藩校教授方としてくれたのが、伊達慶邦であった。

玉虫左太夫が伊達慶邦をかばうのは無理ないことであった。

「そうか……」

榎本釜次郎が肩を落とした。

「釜次郎」

澤太郎左衛門が榎本釜次郎に目で合図をした。

「だな」

榎本釜次郎が首を縦に振った。

「こちらから伺ってもよろしいか」

玉虫左太夫が、了解を求めた。

「では、榎本どのは、この後どうなさるおつもりか」

「どうぞ」

「…………」

澤太郎左衛門が息を呑《の》んだ。

奥羽越列藩同盟がどうなるかもわかっていないときに、援軍として来た旧幕府海軍たちの行動を気にする。

これは奥羽越列藩同盟の敗北を、玉虫左太夫が見据えている証拠であった。

「蝦夷《えぞ》へ行くつもりだ」

「……蝦夷へ。蝦夷でなにを」

榎本釜次郎の答えに、玉虫左太夫が目を剝《む》いた。

「国造りをしようと思う」

「どのような国を、いや、どうやって国を造られる」

玉虫左太夫が、驚いた。

戦国乱世ならば国を造るくらい容易であった。実力のある武将が、周囲を切り取って相応の勢力になれば、一国を支配できた。

しかし、多少の騒動は起こっているとはいえ、すでに天下は新政府のもとにある。

奥羽越列藩同盟も関東以北独立を目的とはしていない。ましてや徳川家を戴《いただ》いて新政府軍を駆逐し、天下を支配しようという野望など持ってはいなかった。

　そんななかで、榎本釜次郎は国を造る、すなわち独立すると言った。

「蝦夷地は未開だ。そこを旧幕臣を中心とした新政府に従わぬ者たちで開拓しようと思っている。新政府と名乗る簒奪者《さんだつしゃ》どもも、己にまつろわぬ者を集めて蝦夷へ行ってくれるならば、文句は付けまい」

　榎本釜次郎が述べた。

「……そううまくいきましょうか」

　玉虫左太夫が、首をかしげた。

「あの薩摩、長州の連中が、反乱者の国が隣にできるなど、許しはいたしますまい」

「そのための海軍だ」

　榎本釜次郎が強く言った。

「蝦夷地は海に囲まれている。強力な海軍で津軽《つがる》と蝦夷地の海峡を制すれば、新政府は手出しできまい」

「…………」

　断言する榎本釜次郎に、玉虫左太夫はなにも言わなかった。

「箱館《はこだて》には諸外国の領事館がある。英吉利《エゲレス》、亜米利加、仏蘭西《フランス》、露西亜《ロシア》などとも条約を結べば、新式の武器も弾薬も手に入る。そして箱館に船渠《せんきょ》を造れば、軍艦の新造、修理もできる」

「諸外国が認めましょうか」

玉虫左太夫が、疑問を呈した。

「認めさせる。拙者には伝手がある。少なくとも和蘭陀《オランダ》は我らを認めてくれるはずだ。故カッテンディケどのが知人も和蘭陀の要人ばかり。他にも英吉利公使パークスどのとも面識がある。なにより仏蘭西軍人たちが、我らに賛同して同行してくれている」

榎本釜次郎が胸を張った。

徳川家はフランスと軍事教育契約を結んでいた。その教官として日本へ来ていたフランス陸軍砲兵大尉ジュール・ブリューネを始めとする十名の軍人がフランス政府の制止を振り切り、軍籍を離脱してまで旧幕府海軍の脱走に参加していた。

「なるほど」

諸外国のうち有力な三国と伝手がある。玉虫左太夫が納得した。

「どうであろう、貴殿も来られぬか。貴殿は米語が堪能《たんのう》だと聞いている。これからの国造りに、諸外国との交流は必須、有能な士、志ある者の参加は、大歓迎である」

榎本釜次郎が玉虫左太夫を勧誘した。

「新しい国……」

玉虫左太夫が考えた。

従者の立場であったとはいえ、玉虫左太夫はアメリカ合衆国を目の当たりにしている。大名も公家《くげ》もなく、民はすべて同格で、そのなかから選挙で選ばれた者が大統領となって政《まつりごと》をする。能力があれば、生まれも、育ちも関係なく、活躍できる。

諸藩のなかでも身分制度が複雑で厳格な仙台藩、そこの下級藩士として生きてきた玉虫左太夫が、アメリカ合衆国を見て、どれほど憧れたかは推測に難くない。

奥羽越列藩同盟が結盟したときに定められた八条からなる条約を見てもわかる。

一つ、弱者を凌《しの》ぎ、私利を図ることなかれ。

一つ、城堡《じょうほう》を築造し、糧食を運搬するのはやむを得ぬが、みだりに百姓を労役するなかれ。

一つ、罪なき者を殺戮《さつりく》するなかれ、金穀《きんこく》を略奪するなかれ、不義をなした者には厳罰を加える。

八条のうち三条が、民を護《まも》るべしということに割かれている。

だが、これらは最初から破綻《はたん》した。

白河を抜かれてはまずいと、城を見おろす立石峠《たていしとうげ》に会津藩士が百姓を強制徴用し防《ぼう》塁《るい》を築かせたうえ、戦費といって金やものを奪い取ったのだ。その結果、恨みを持った百姓が立石峠への間道を新政府軍へと報せ、背後から攻められた会津藩兵は敗走、要地を奪われた白河城は陥落という憂き目を見た。

「一から国を造る……」

従来の柵《しがらみ》、考え方から脱却できなかった奥羽越列藩同盟と違い、一から国を造る。

「さよう。おぬしの知識、蝦夷で発揮してくれ」

「……ありがたきお誘いながら、拙者には奥羽越列藩同盟にも仙台藩にも責任がござる。それらの行く末を見極めてからとさせてはいただけまいか」

もう一度勧誘した榎本釜次郎に、玉虫左太夫が猶予を願った。

「当然のことだ。ただ、時機を誤られぬようにの」

榎本釜次郎が玉虫左太夫の申し出を認めた。

「では、拙者はこれで。藩侯にお話をいたしまする」

玉虫左太夫が、榎本釜次郎たちと伊達慶邦との会談の開催に尽力すると告げ、去っていった。

「うまくいくか」

見送って、澤太郎左衛門が榎本釜次郎へ尋ねた。

「奥羽越列藩同盟は駄目だな」

榎本釜次郎が首を横に振った。

「到着が遅すぎたの。せめて白河が抜かれる前に我らが来ておれば、奥羽越列藩同盟は崩れなかっただろう」

澤太郎左衛門が冷静に続けた。

「いささか、徳川に未練を残しすぎた。徳川家の駿府移封《すんぷいほう》が決まった五月の末に、品川を出ていれば、嵐にも遭わず、列藩同盟の崩れも止められたろう」

マストの折れた開陽丸を、澤太郎左衛門が見上げた。

三

九月一日、ふたたび玉虫左太夫が開陽丸を来訪、仙台藩主伊達慶邦との会談について報告した。

「明日、城中対面所にて、お目にかかるとのことでございまする」

「承知した」

玉虫左太夫の伝えた予定を榎本釜次郎が承諾した。

石高には数十倍の差があるとはいえ、伊達慶邦と榎本釜次郎は、将軍の家臣として同格になる。幕府が崩壊した今でも、従来の考え方は急に変わらなかった。

「目通りの後、そのまま軍議に移らせていただきまする。なお、軍議には他にも同席の方々がおられまする」

「同席……ご家中の重職方か」

玉虫左太夫の言葉に、榎本釜次郎が問うた。

どこでも同じだが、来客の対応を藩主が一人ですることはなかった。身辺警固の近習《きんじゅ》は当然、話している内容を聞き、場合によっては介入する家老や用人《ようにん》といった重職が同席した。

「いえ、奥羽越列藩同盟に残っておりまする各藩の代表、それに先日ここへも参りました会津藩の小野どの、続いて拙者を始めとする仙台の者でございまする」

「各藩の代表もお出《い》でくださるとは、ありがたし。そこで、我らの存念をはっきりとお伝えいたそう」

榎本釜次郎が好都合だと喜んだ。

「城下に宿を用意いたしておりまする。早速ではございますが」

今日中に仙台城下へ来ておいていただきたいと申し出た玉虫左太夫に、榎本釜次郎がうなずいた。

「うむ、参ろうぞ」

榎本釜次郎が澤太郎左衛門に開陽丸のことを預けた。

「後を頼む」

「存分にの」

澤太郎左衛門が遠慮をするなと、榎本釜次郎を鼓舞した。


一夜明けた仙台城下は穏やかとは言いがたい雰囲気であった。

奥羽越列藩同盟の敗退で、新政府軍との戦線は仙台藩境に及び、会津藩はすでに新政府軍と城下で対峙している。

江戸以来敗北を続けてきた旧幕府軍脱走兵、美賀保丸の遭難から生き残った人見勝《ひとみかつ》太郎《たろう》が率いる遊撃隊や土方歳三《ひじかたとしぞう》に従う新選組などが、奥州の雄仙台藩を頼みとすべく仙台城下へ集まっていた。

「随分とゆっくりだったな」

大手門前で榎本釜次郎を、土方歳三が出迎えた。

「生きていたか、死にたがり」

榎本釜次郎が嫌そうな顔をした。

「ふん、証文の出し遅れが、他人のことに口出しできると思っているなら、めでてぇな」

土方歳三が口の端をゆがめた。

「……………」

「ささっ、お二方とも」

黙った榎本釜次郎を慮《おもんぱか》った玉虫左太夫が、伊達慶邦との面会だと急がせた。

仙台城対面所には、榎本釜次郎、旧幕府陸軍奉行並《なみ》の松平太郎《まつだいらたろう》、元フランス陸軍士官ブリューネ、カズヌーブら旧幕府海軍艦隊の関係者らと土方歳三、元彰義隊《しょうぎたい》隊長渋沢成一郎らが控えていた。

「出座でござる」

対面所上座右手の襖《ふすま》が開いて、仙台藩主伊達慶邦が、通詞《つうじ》田島金太郎《たじまきんたろう》を伴って登場した。

「仙台侯には、本日の会合を開いていただいたことを感謝いたしまする」

身分の格差はないといっても、相手は大藩の主である。榎本釜次郎が一同を代表して、軽くではあるが頭を下げた。

「遠路の航海、疲れたであろう」

伊達慶邦が榎本釜次郎たちをねぎらった。

「船の状況はどうだ」

「大砲の威力はどのていどのものか」

「嵐に遭ったそうだが、他の船の者どもは無事か」

次から次へと伊達慶邦が質問を重ねた。

「大幅な修理が要りまする。仙台藩の協力を願いたく」

「クルップ砲は堅固な石造りの城を一撃で破砕するだけの威力を持っておりまする」

「仙台港で合流を予定しておりますれば、まもなく姿を見せましょう」

そのすべてに榎本釜次郎は答えた。

「……では、最後にもう一つ聞かせて欲しい」

伊達慶邦が一同の顔を見た。

「勝てるか」

「…………」

直截《ちょくさい》な質問に榎本釜次郎は詰まった。

「勝てまする。皆が死ぬ気になればでございまするが」

土方歳三が皮肉げに答えた。

「異国の者の意見はどうじゃ」

聞き終わった伊達慶邦がブリューネ大尉に意見を求めた。

「……この地は新政府軍の本拠京から遠い。面積では日本の六分の一を占め、兵力は五万人をこえる。うまく使えば、十分戦えまする」

通詞の田島金太郎を通じて、ブリューネが言った。

「そうか。戦えるか」

伊達慶邦が何度もうなずいた。

「よろしかろう。左太夫」

「はっ」

伊達慶邦から合図を受けた玉虫左太夫が、一礼した。

「では、これより軍議に移りまする」

玉虫左太夫の先導を受けて、一同が移動した。

「総裁、ご臨席なられました。これより奥羽越列藩同盟の軍議を開催いたしまする」

最後に伊達慶邦が上座へ腰を下ろしたのを確認して、玉虫左太夫が軍議の開始を宣言した。

「現在の状況をご説明申しあげる」

口火を切ったのは、仙台藩と相馬藩との境を警衛する守将《しゅしょう》の石田《いしだ》正親《まさちか》であった。

「主税《ちから》どの、地図を」

「承知」

相役の遠藤《えんどう》主税が、地図をその場に拡《ひろ》げた。

「……………」

相馬口《そうまぐち》と呼ばれる仙台藩と相馬藩の藩境は、すでに苦戦状態になっていた。

仙台藩が持っている新式洋銃は少なく、火力のほとんどを旧式の火縄銃に頼っているため、連射できないうえ、雨が降れば使用できなくなる。

「むう」

榎本釜次郎も状況の悪さに腕を組んだ。

「美賀保丸、咸臨丸、長鯨丸のいずれかでも無事に来ておれば……」

旧幕府海軍の輸送船に乗りこんでいるのは、旧幕府洋式歩兵を主体とする新兵器を装備した精鋭である。弾薬も十二分に有り、大砲も保持している。それらが前線へ出れば、まちがいなく、状況をひっくり返せる。

だが、それは無いものねだりでしかなかった。

「せめて仏蘭西人士官を送りこみ、策を立てさせるべきである」

仙台藩の兵数は多い。装備が劣っていても要害を利用して籠《こ》もり、ここぞというときに数の利で圧倒すれば、まだ勝ち目はあると榎本釜次郎は主張した。

「会津にも助力をたまわりたい」

小野権之丞らが会津藩救済も求めた。

じり貧になっていたところに、ぼろぼろとはいえ海軍の増援を得た仙台藩は、恭順に傾きかけていた藩論を抗戦へと変えた。

「謹慎しておれ」

藩政を掌握した抗戦派の奉行但木土佐《ただきとさ》は、尊王攘夷《そんのうじょうい》で恭順派の同役遠藤文七郎《ぶんしちろう》を押しこめ、ただちに大軍を派兵、相馬口で反撃を開始すると宣した。

「額兵隊《がくへいたい》を出す」

仙台藩は虎《とら》の子である洋式歩兵隊の出陣を決めた。額兵隊は歩兵頭《がしら》星恂太郎《ほしじゅんたろう》を隊長とし、ミニエー銃を装備する洋式歩兵四百五十人、大砲三門を持つ砲兵百五十人、陣地工作兵二百人からなり、薩摩長州の兵とも互角以上に戦えた。

しかし、伊達家の一門衆がこぞって反対した。

「恭順するしか、伊達が生き残るすべはない」

これに伊達慶邦が揺らいだ。

藩主に絶対的な決定権がないのは、伊達家の伝統であった。これは戦国のころ、伊達政宗《まさむね》が版図《はんと》を広げていく過程で、多くの国人《こくじん》や土豪を身内として取りこんだ弊害であった。

さらに質《たち》の悪いことに、伊達家は一門や重臣が独自の軍を持つ、藩のなかの藩という形態を取っていた。これも戦国以来の慣習で、一門や重臣に軍役を背負わせることで本家の負担を減らすのを目的としたものであったが、この結果、伊達家の軍事を本家が支配できないという状況を生み出していた。

ようは一門、重臣の同意がなければ、伊達家は戦えなかったのだ。

「一同、集まれ」

九月四日、伊達慶邦は一門衆と重臣を集め、仙台藩の行く末を話し合う場を設けた。

そこには、謹慎を申しつけられた遠藤文七郎も参加を認められた。

だが、その結果は惨憺《さんたん》たるものであった。

抗戦派と恭順派が言い争うだけで、なに一つ決まらず、三日が過ぎた。

「伊達、頼みにならず」

すでに相馬との戦端は開かれているのだ。それも伊達側が敗退に次ぐ敗退という状態なのだ。いまだ仙台城下へ新政府軍の進軍を許していないのは、前線で戦っている藩士たちの努力でしかない。

話し合いをしている間にも、その勇猛なる藩士たちが死んでいく。

「会津も保《も》たぬ」

すでに会津城下は新政府軍によって、蟻《あり》の這《は》い出る隙《すき》もないほど包囲され、毎日何百、何千という銃弾、砲弾を浴びせられている。

会津藩という尚武《しょうぶ》、忠勇の気風があればこそ、抗戦できているが、それも限界がある。

「もし、会津が落ちれば、奥羽越列藩同盟の名分はなくなる」

もともと徳川家に尽くし、京の治安に苦労した会津藩を朝敵とした薩長への不満をもとに結成されたのが、奥羽越列藩同盟なのだ。

「奥州もこれまでか」

榎本釜次郎が嘆息した。

「なにを他人《ひと》ごとみたいに言ってやがる。こうなったのも、おめえたちのせいだろうが」

土方歳三が、榎本釜次郎に絡《から》んだ。

「おめえたちが、もう一月《ひとつき》でいいから早く来れば、新潟は落ちず、相馬も裏切ってねえだろうが」

「…………」

新選組として京、大坂で戦い、その後も幕府軍とともに転戦してきた土方歳三の言葉は榎本釜次郎を突き刺した。

「だが、我らがいなければ、新政府が徳川家をどうしたか。最悪、取り潰されたかも知れぬのだ」

榎本釜次郎が抗弁した。

「潰せやしねえよ。もし、薩長が徳川を潰すなんぞと言った日には、土佐や越前も敵に回る。どころか、旗本たちが決死で戦うだろう。それこそ、江戸は焼け落ちる。そうなってみろ、薩長の名分はなくなる」

「だが、勝《かつ》先生は徳川の領地が減らされると。それをさせぬために、海軍が……」

「あの表裏比興者《ひょうりひきょうもの》めえ」

榎本釜次郎の出した名前に、土方歳三が激昂《げっこう》した。

「坂本龍馬なんぞという不逞《ふてい》浪人を飼っていただけでなく、薩摩の西郷、長州の桂なども繋《つな》がっていた勝を信じるなんぞ、馬鹿にもほどがある」

土方歳三が榎本釜次郎を睨《にら》みつけた。

「しかし、勝先生は開陽丸や、回天丸といった最新鋭艦を新政府軍から守ってくれた」

「飴《あめ》を咥《くわ》えさせられただけじゃねえか。それで奥州が落ちれば安いものだろうが」

「うっ……」

榎本釜次郎が詰まった。

「終わったな、この戦い。もう、勝ち目はねえよ」

土方歳三が吐き捨てた。

「伊達も先祖に顔向けなんぞできねえだろう」

城を睨んで、土方歳三が背を向けた。


伊達家の小田原評定を崩したのは、分家にあたる宇和島《うわじま》藩伊達家であった。伊達政宗の長男を藩祖とする宇和島藩伊達家と、仙台伊達家は過去交流が途絶えたときもあったが、現在深い繋がりを持っていた。伊達慶邦の養嗣子《ようしし》として宇和島藩主伊達宗城《むねなり》の次男宗敦《むねあつ》を迎えていたからである。

「寛典《かんてん》を用意いたしておりまする」

使者として来た宇和島藩伊達家家老桜田出雲《さくらだいずも》が伊達慶邦に、伊達宗城の意思を伝えた。

宇和島藩は、維新当初から新政府に協力的で、一時は議定《ぎじょう》に就任もしていた。本家である仙台伊達家が新政府に反逆したことで議定は辞したが、影響力は大きい。

「伊達の名跡《みょうせき》を不忠で汚《けが》すことのないようになされませ」

「承知した。御前体《ごぜんてい》をよろしく頼む」

桜田出雲に諭《さと》された伊達慶邦が降伏を決断した。

抗戦派の但木土佐や松本要人《まつもとかなめ》などは解任され、遠藤文七郎が藩政を掌握した。

「官賊に膝を屈するか」

「薩長が賊であるとは思わぬ。薩摩、長州の諸氏は朝廷を助け、王政復古を為《な》し遂げた大勲ある方々である。もし、薩摩長州が仙台城を私掠《しりゃく》しようとも、我らは決してそれを恨まず。主君が恭順と決められた以上は、それに従うのみ」

仙台藩恭順の噂《うわさ》を聞いた榎本釜次郎が藩庁へ抗議に出向いたが、遠藤文七郎たちによってあしらわれた。

「このまま仙台城下に居ては、危ない」

榎本釜次郎たちは、別れを告げるため伊達慶邦に面会したが、すでに共に語ることもなしと礼儀だけを尽くし、仙台城下を離れることにした。

「恥ずかしい限りでござる」

見送りに来た玉虫左太夫が、泣いた。

「貴殿のせいではない。我らが遅すぎた」

榎本釜次郎も詫《わ》びた。

「奥羽越列藩同盟は終わりましてござる」

玉虫左太夫が、肩を落とした。

「奥州を独立させて、亜米利加に負けぬ国を造りたかった。ですが、人の心はそう簡単に変わらなかった」

西洋の現状を見、日本でもっとも進んだ考え方を持つ玉虫左太夫は、奥羽越列藩同盟の軍務局に席を与えられたが、それ以上の権限は使えなかった。

玉虫左太夫の献策はすべて仙台藩の身分という壁によって塞《ふさ》がれ、伊達慶邦の耳にも届かなかった。

「玉虫どの、一緒に参ろう。蝦夷地で貴殿の知識を生かしてもらいたい」

榎本釜次郎が玉虫左太夫を真剣に誘った。

「…………」

玉虫左太夫が、一瞬ためらった。

「夢を新天地で叶《かな》えようではないか」

悩んでいる玉虫左太夫の背中を、榎本釜次郎が押した。

「……わかりましてございまする」

玉虫左太夫が、榎本釜次郎と目を合わせた。

「ですが、今すぐとは参りませぬ。片付けなければならぬこともござる」

「あまり長くはお待ちできませぬぞ」

告げた玉虫左太夫に榎本釜次郎が返した。

「わかっておりまする。もし、船に乗り遅れたとしても、蝦夷地ならばいささか存じております。後ほど合流いたしまする」

玉虫左太夫は江戸に出ていたとき、箱館奉行堀織部正利忠《ほりおりべのしょうとしただ》の供をして蝦夷地巡察をした経験があった。

「あいわかってござる。では、後日」

榎本釜次郎が、再会を約した。

四

急いだところで、船はただちに出航できるものではない。

修理と補給が終わっていなければ、船出は死出の旅になってしまう。

「どうだ」

松島港へ戻った榎本釜次郎が、船の留守を守っていた澤太郎左衛門に問うた。

「開陽丸の舵は修繕できた」

船には予備の舵が積まれている。とりあえず、それを使って、澤太郎左衛門は開陽丸を運航できる状態にまで持っていっていた。

「マストもなんとかできたが、その代わり回天丸が手つかずになっている」

松島港にマストに使えるほどの材木の備蓄はほとんどなく、開陽丸を優先したことで回天丸のマストは、かなり小さなものをとりあえずくっつけただけになっていた。

「回天丸は航行できるのか」

「大丈夫だ。蒸気機関は使える」

榎本釜次郎の問いに、甲賀源吾が胸を張った。

「で、仙台はどうだ」

甲賀源吾が尋ねた。

「話にならねえよ。降伏しやがった」

榎本釜次郎に代わって、土方歳三が吐き捨てた。

「おぬしは……」

口を挟んだ土方歳三に甲賀源吾が怪訝な顔をした。

「仙台で会った。新選組の土方歳三どのだ」

榎本釜次郎が紹介した。

「おぬしが……」

甲賀源吾がじっと土方歳三を見た。

「………」

「失礼した。回天丸艦将の甲賀源吾だ。よろしく頼む」

不機嫌そうに目を細めた土方歳三に、あわてて甲賀源吾が謝罪した。

「僚艦はどうなった」

榎本釜次郎が澤太郎左衛門に問うた。

「塩竈《しおがま》に長鯨丸が入っていた。我らより早かったようだが、修理のため合流が遅れた。

あと、五日に神速丸が来た」

澤太郎左衛門が沖合に停泊している二艦を指さした。

「蟠竜丸と咸臨丸、美賀保丸は」

「………」

残り三船のことに触れた榎本釜次郎に、澤太郎左衛門が無言で首を左右に振った。

「そうか」

榎本釜次郎が嘆息した。

「いや、かならず来る。どの船も熟練の連中が乗りこんでいる」

不安を振り払うように、榎本釜次郎が強い口調で言った。

「準備はどうだ」

「芳しくはないな」

あらためて出航できるかどうかを問うた榎本釜次郎に、澤太郎左衛門が苦い顔をした。

「石炭を始め、食料や物資が足りぬ」

「近隣から買えぬのか」

「不穏な状況だ。皆、食料などを隠し、売ってくれぬ」

提案した榎本釜次郎へ、澤太郎左衛門が首を左右に振った。

「船が増えたぶん、人も増えたからか」

「ああ」

長鯨丸、神速丸のどちらにも千人をこえる兵たちが乗っている。兵は戦わなくても、飯を喰うし、水を飲む。石鹼《せっけん》や落とし紙なども消費する。

「徴発すればいい」

「無茶を言うな。もし、無体を働いて、それを藩庁に訴え出られたらどうなる。仙台藩はもう、敵ぞ」

略奪すればすむと言い放った土方歳三を榎本釜次郎がたしなめた。

「敵地ならば、奪っても問題あるまい」

平然と土方歳三が言い返した。

「なんなら、今から我らで行くぞ」

土方歳三が配下の新選組を使ってもいいと続けた。

「新政府軍に売られるぞ」

澤太郎左衛門が土方歳三を止めた。

「薩長の芋なんぞ、斬《き》り捨てるだけだ」

土方歳三が太刀《たち》の柄《つか》を叩《たた》いた。

「伏見で負けたのを忘れたのか」

直接鳥羽、伏見での戦いに参加はしていないが、どういう状況だったかは、負けて大坂へ逃げてきた連中から聞いている。

たしかに新選組は勇猛果敢だったが、太刀を振りかぶって薩摩長州の陣地へ斬りこもうとしては、新式銃の的になって、大勢の戦死者を出していた。

「ちっ」

嫌なことを言いやがると、土方歳三が舌打ちをした。

「少なくとも、船が揃うまで待て」

榎本釜次郎が土方歳三を宥《なだ》めた。

「…………」

返事もせず、土方歳三が配下の新選組を連れて離れていった。

「あれらも連れていくのか……」

その背中を澤太郎左衛門が見ながら訊いた。

「来る者は拒まずだ。もう、我らのような者の居場所は蝦夷しかない」

榎本釜次郎がさみしそうに笑った。

「仙台もだめだった」

「遅すぎたと言われたわ」

もう一度仙台のことを口にした澤太郎左衛門に、榎本釜次郎が苦笑した。

「勝先生に欺《だま》されたのだともな」

榎本釜次郎が付け加えた。

「でしょうな」

「気づいていたのか」

平然としている澤太郎左衛門に榎本釜次郎が驚いた。

「海軍の脅しくらいで、新政府が変わるはずはない。それこそ、我らが江戸を離れた後、徳川家を取り潰すことはできる」

「……なぜ、それをあのときに言わなかった」

澤太郎左衛門を榎本釜次郎が咎《とが》めた。

「言う意味は」

「………」

逆に訊かれて榎本釜次郎が詰まった。

「海軍はいてもいなくても同じと言われて、納得したか」

「うっ……」

「海軍なんぞ陸に上がれば、ただの役立たずだとばれる張り子の虎だと、乗組員たちに教えるのか」

「それは……」

「できまいが」

反論できない榎本釜次郎を、澤太郎左衛門がじっと見つめた。

「勝先生を恨むなよ。勝先生は見抜いておられた。まあ、推測だがな、奥羽越列藩同盟が使いものにならないことを」

澤太郎左衛門が述べた。

「どういうことだ」

「会津を入れなかっただろう、奥羽越列藩同盟に」

「ああ。だが、それは助けられる者が同盟にいては、同盟の義が立たぬからであろう」

言われた榎本釜次郎が首をかしげた。

「奥羽越列藩同盟で実際に戦ったことのある藩はあるか」

「……庄内《しょうない》藩酒井《さかい》家があるだろう」

訊かれた榎本釜次郎が答えた。

「江戸で薩摩藩の屋敷を焼き討ちにしただけだ。あれを初陣だというならば、開陽丸は歴戦の不沈艦だな」

冷たく澤太郎左衛門が笑った。

「………」

「奥羽越列藩同盟に参加した藩で戦《いくさ》、それも新式鉄炮《てっぽう》や洋式砲と戦った経験のあるところはない。今の戦を知らぬのだ。そんな連中があぁだこうだといったところで、戦いなれた薩摩長州に勝てるわけなかろう。奥羽越列藩同盟は、会津藩を仲間にし、盟主として仰ぐべきだったのだ。諸藩の軍事を一つにできず、勝手に戦い、要《い》るところに援兵を出さない。これで勝てるはずはない」

「ううむう」

「そんなところに、海軍が出張《でば》ってみろ。たった八隻しかない艦隊を、新潟の防衛と、磐城《いわき》の海から迫る新政府軍を艦砲で攻撃の二つに分けるなどしては、まちがいなくすり潰されるぞ。なにせ、旧幕府海軍は徳川家救済を旗印の一つにしている奥羽越列藩同盟にとって、無理を押しつけやすい相手だからな」

今気づいたと言わんばかりの榎本釜次郎に、あきれながら澤太郎左衛門が語った。

徳川のために戦っているのだから、徳川の海軍が最前線で最大の功績を立てるのが筋だと言われれば、榎本釜次郎は断れない。

旧幕府歩兵や彰義隊の生き残りもそうだ。

「敵の陣地へ突っこんで奪ってくだされ」

こう頼まれれば、拒否はできない。

「無茶だ」

「それはできない」

などと首を左右に振ろうものならば、

「これは誰のための戦でござるか。徳川家を救うための戦でござろう、それに旗本の方々が命をかけられぬ。ならば、我らは御免こうむろう」

あっさりと見捨てられる。

「すり潰されてしまえば、蝦夷へ行ったところで、新政府軍に勝てぬ。こちらはもう、新式の軍艦を手に入れることができぬからな」

諸外国は今のところ、奥羽越列藩同盟にも武器、弾薬を売ってくれている。これは奥羽越列藩同盟が金を持っているからであり、蝦夷地を開拓して、収穫があがるまで無収入どころか、艦を失い借金生活となる旧幕府海軍には、弾の一発も売ってはくれない。

「我らがなぜ蝦夷を選んだか。それは蝦夷が海に囲まれているからだ。蝦夷は海軍さえあれば守れる。そのための開陽丸だ」

澤太郎左衛門が断言した。

「新政府を抑えて、奥州独立はできぬ」

「できぬな。陸続きでは、数の暴力にいずれは落とされる」

榎本釜次郎の感慨に、澤太郎左衛門もうなずいた。

「もちろん、海軍とて今のままではいつかは負ける。船もどんどん新しいものができる。いずれは開陽丸を凌駕《りょうが》する軍艦を新政府は手に入れるだろう」

「ストーンウォールか。あれはなんとかして手に入れたかった」

澤太郎左衛門の予言に、榎本釜次郎が苦い顔をした。

ストーンウォールとは、フランスで製造された鉄鋼で装甲された軍艦である。アメリカ南北戦争のために建造されたが、依頼主の南軍への引き渡しを北軍が阻害、そのまま売り買い契約が破棄され、他国へと譲渡された。その譲渡も諸般の理由で無とされ、浮いていたのを幕府が買い取った。ただ、引き渡しを終える前に戊辰《ぼしん》戦争が開始、売り買いの契約当事国であるアメリカ政府が、中立を宣言したため、そのまま横浜に係留されていた。

「たしかに欲しいが、あれならば開陽丸の敵ではない。ストーンウォールの大砲はアームストロング砲とはいえ、前装式だ。しかも三門しか装備していない。後装式クルップ砲十八門を持つ開陽丸が勝つ」

冷静に澤太郎左衛門が述べた。

「新政府がストーンウォールを頼みに攻めて来てくれれば……新鋭艦を沈めてやれば、新政府海軍の痛手は大きい」

「開陽丸には勝てぬと思い知らせて、気を削《そ》ぐか」

澤太郎左衛門の意見に、榎本釜次郎がうなずいた。

「ストーンウォールを沈められた新政府が、開陽丸に優《まさ》る軍艦が必須だと考えて新式艦を諸外国に注文したとして、できあがるまでに三年から四年はかかろう」

「開陽丸は四年だったぞ」

「造船技術も上がっているだろうし、船の性能が向上していれば、引き渡し航海の日数も短くなる。こちらの思う通りにはいくまい。短めに考えておくべきだ」

榎本釜次郎の考えを澤太郎左衛門が否定した。

「三年か……それで蝦夷を建国し、戦いに耐えられる国にしなければならぬか。きついな」

「それに、まもなく季節は冬になる。蝦夷の冬は厳しいと聞く」

難しい顔をした榎本釜次郎に、澤太郎左衛門が付け加えた。

「もう、あんな嵐は御免だぞ」

「だが、僚艦がまだだ。僚艦を残して出発し、その後に何も知らぬ蟠竜丸らが仙台に来たら、それこそ新政府軍のいい餌食《えじき》だぞ」

航海の安全を考える澤太郎左衛門に、榎本釜次郎が僚艦を案じた。

「それはそうだな。では、僚艦が揃い次第ということにしよう」

澤太郎左衛門が榎本釜次郎の意見を受けいれた。

九月十七日、ようやく蟠竜丸が満身創痍《まんしんそうい》に近い状態で、仙台松島港へと入ってきた。

「咸臨丸がやられた」

蟠竜丸からもたらされたのは、日本人が初めて太平洋を横断したときの船、咸臨丸の悲劇であった。

咸臨丸は嵐の難を避けるために南下、駿河湾《するがわん》近くまで流され、清水《しみず》港に入ったところで、新政府艦隊に捕獲され、降伏したにもかかわらず、副長春山弁蔵《はるやまべんぞう》以下二十数名の士官が斬られた。

「途中で美賀保丸が難破したという噂も聞いた」

「…………」

「無念」

遅れてきた代わりに行方不明となった僚艦の情報を運んできた蟠竜丸に、榎本釜次郎と澤太郎左衛門が絶句した。

「出るぞ」

榎本釜次郎が決断した。

「冬の準備がまだ……」

艦隊の補給を担当する士官が、うなだれた。

「脅し取ってきてやるわ」

咸臨丸への無道な攻撃をした新政府軍への怒りが、榎本釜次郎を変えた。

「物資を寄こせ。さもなくば、仙台藩の有志と手を組み、城下で新政府軍と一戦交えてくれるわ」

榎本釜次郎が仙台藩の全権を握った奉行遠藤文七郎を脅した。

新選組、彰義隊などに加えて、各地を転戦してきた大鳥圭介の洋式歩兵大隊が、旧幕府海軍への合流を求め、仙台松島港に集まっている。

戦意旺盛《おうせい》な陸戦兵が数千、榎本釜次郎のもとにあった。

「仙台城下には、新政府の軍勢が入っている」

降伏した仙台へと新政府軍は進駐してきていた。それを、旧幕府の軍勢が仙台藩の抗戦派と共に攻撃したら、恭順など飛んでしまう。それだけは遠藤文七郎も受けいれられなかった。

「いかがなさる」

榎本釜次郎の代理人となった玉虫左太夫が、衝撃隊《しょうげきたい》の細谷《ほそや》十太夫《じゅうだゆう》を連れて遠藤文七郎に迫った。細谷十太夫は、仙台藩士ながら無頼《ぶらい》を集めて進駐してきた新政府軍に攻撃を仕掛けるなど、抗戦派の中心人物であった。

「欲しいだけ持っていけ」

遠藤文七郎が二人へと手を振った。

米千俵、卵三万個、味噌《みそ》二百樽《たる》、醬油《しょうゆ》五百樽などの生活必需品と鯣《するめ》、梅干し、麴《こうじ》、砂糖、酒などの嗜好品《しこうひん》、それになによりこれから必需となる炭十万俵という莫大《ばくだい》な量を、玉虫左太夫はかき集め、旧幕府海軍へと引き渡した。

「かならず、来いよ。十二日まで待つ」

「はい。かならず」

榎本釜次郎と玉虫左太夫が強く手を握り合って一時の別れと再会を約した。

「……釜次郎」

十月十二日の昼まで待ったが、玉虫左太夫は来なかった。

これ以上の遅滞は、艦隊の行動に無理を来す。

澤太郎左衛門があえて感情をこめない声で、榎本釜次郎を促した。

「無念なり」

榎本釜次郎が瞑目《めいもく》した。

「蝦夷で待つぞ、玉虫」

離れゆく岸壁を見ながら榎本釜次郎が出港を命じた。

「……間に合わなんだか」

色濃く黒煙の残る松島港に玉虫左太夫が姿を見せた。

玉虫左太夫は遠藤文七郎の恨みを買い、足留めを受けていたのだ。

「いや、まだ手はある」

「お奉行さまのお指図である。同道せい」

蝦夷地へ渡ればと、振り向いた玉虫左太夫の前に仙台藩の横目付が立ちはだかった。

「ああ。またも夢叶わず」

吾《わ》が運命を玉虫左太夫は悟り、慨嘆した。

第五章　失意の海

一

奥羽越《おううえつ》列藩同盟が崩壊した。

同盟を支えてきた米沢《よねざわ》上杉家、仙台伊達家が新政府へ恭順、仙台藩松島港に入っていた旧幕府海軍は、離岸を余儀なくされた。

「錨《いかり》を上げよ。蒸気機関で湾を出る」

宮古湾《みやこわん》で最後の補給を終えた開陽丸の出航を、澤太郎左衛門貞説《さだとき》が指図した。

湾内には開陽丸以外の旧幕府軍艦や漁師たちの小舟もある。いきなり帆を張れば、風の向きによっては事故となり得る。

蒸気機関を持たない旧式艦はしかたないが、開陽丸や回天丸のような新鋭艦は、罐《かま》を焚《た》いて湾を出るのが慣例であった。

「太郎左衛門よ」

榎本釜次郎武揚が、操艦指揮を執っている澤太郎左衛門に話しかけた。

「なんだ」

周囲へ目を配りながら、澤太郎左衛門が応じた。

「新政府からお墨付きは来ると思うか」

「来ると少しでも期待しているならば、おぬしの頭を疑わねばならぬな」

榎本釜次郎の問いに、澤太郎左衛門があきれた。

十月九日、榎本釜次郎は松島湾を出る前、仙台藩に頼んで平潟口《ひらかたぐち》総督四条左近衛権少将《しじょうさこのえのごんのしょうしょう》隆謌《たかうた》へ嘆願書を出していた。

「露西亜《ロシア》による蝦夷地《えぞち》侵略を防ぎ、禄《ろく》を失いたる旧幕臣の生活《たつき》をたてるための開拓をおこないたく、これを認められたし」

一切、新政府に経済的な負担をかけない旧幕府海軍の言いぶんだが、蝦夷地独立を許すはずはない。

ちょっとでもためらい、少しでも利用できるのではないかと思ってもらえればときが稼げるとの、藁《わら》にすがるような策であった。

現在、脱走幕府海軍に属している船は、軍艦八隻、輸送船五隻である。銚子沖の台風で輸送船二隻を失ったが、仙台藩に幕府が貸与していた太江丸《たいこうまる》、鳳凰丸《ほうおうまる》を松島で、千秋丸《せんしゅうまる》を気仙沼《けせんぬま》で拿捕《だほ》、艦隊に組みこんで、現在の陣容となっていた。

これは一つの勢力であった。いや、諸外国が連合艦隊でも組まない限りは、日本周辺で最強の海上戦力といえた。

ただ、旧幕府海軍には致命的な欠陥があった。船にとって大事な、補給、修復をおこなう本拠地がないのだ。

まさに浮き草である。どれほど精強な軍艦でも石炭がなければ動けないし、弾薬を撃ち尽くせば、戦えなくなる。

なにより、人は飯を喰《く》い、水を飲まなければ生きていけない。

母港を持たない艦隊など、放置しておくだけで崩壊する。なにも無理に手出しをして、嚙《か》みつかれずとも勝てる。

その旧幕府海軍に蝦夷地を預ける。まさに虎《とら》へ翼を与えるようなまねを新政府がするはずもなかった。

「ときが欲しい。ときが」

榎本釜次郎が呻《うめ》くように言った。

「蝦夷でどうやって喰うか」

旧幕府海軍の首脳たちを悩ませているのが、これであった。

江戸時代を通じて蝦夷地を支配してきた松前藩《まつまえ》でも、その開拓はできなかった。松前藩が当初大名でなかったのは、田畑ができず石高がなかったからである。しかし、無石高で蝦夷地の防衛の軍役を課すわけにもいかない。

幕府はそのときの都合で松前藩を旗本として扱ったり、大名にしてみたり、蝦夷地を取りあげて、本州へ転封《てんぽう》したりした。

そこまでしなければならないほど、蝦夷地は難しい。米も麦も穫《と》れず、果実さえ実らない、禄の代わりに鮭《さけ》の獲《と》れる川を所領として与えなければならない極寒の地へ、今から榎本釜次郎たちは、向かうのだ。

「本当に舳先《へさき》を北に向けていいのだな」

あるていど陸から離れたところで、澤太郎左衛門が榎本釜次郎に確認した。

「…………」

ほんの一瞬、東の海を見つめた榎本釜次郎が、ゆっくりと首を左右に振った。

「我らは、この国を、日本を守っていかねばならぬ。自らの身の安全を図るだけでは、死んでいった僚友へ顔向けができぬ」

榎本釜次郎が胸を張った。

「まだ見ぬ異国もおもしろいと思ったがな。やはり我らはこの国の武士《もののふ》である。ふるさとは捨てられぬ。死ぬならばこの国で死にたい」

笑いながら、澤太郎左衛門がうなずいた。

つい先日、気仙沼まで横浜在留のハワイ国駐日総領事ユージン・ヴァン・リードから、ハワイへの亡命を促す書状が届けられた。

「かたじけなき仰せながら、我らは日の本《ひのもと》の未来を蝦夷地に託しておりますゆえ」

榎本釜次郎は書状を預かった横浜の商人に礼を述べながらも、これを拒絶していた。

そのことを澤太郎左衛門は蒸し返した。

「まあ、厚意だけで亡命を勧めはしないだろうがな」

「艦隊と勇猛なる兵数千をただで手に入れられる。そんなところだろう」

二人が顔を見合わせた。

「さて」

気を切り替えて、榎本釜次郎が表情を引き締めた。

「針路変わらず。蝦夷地へ向かえ」

艦隊司令として榎本釜次郎が右手を突き出した。

「受けたり。帆を張れ」

澤太郎左衛門が合図を出した。


気仙沼を十月十八日に出た旧幕府海軍は、足の遅い輸送船に合わせながら、ゆっくりと三陸《さんりく》沖を北上した。

「海の色が変わった」

見張りの甲板士官が驚愕《きようがく》の声をあげた。津軽海峡に入った途端、青かった海が灰色になった。

「また嵐か」

艦隊に緊張が走った。

幸い、今回は順調な航海を経て、十月二十日旧幕府海軍艦隊は、箱館《はこだて》へ着いた。

「箱館はすでに新政府軍に恭順している」

榎本釜次郎が回天丸の艦将甲賀源吾秀虎、蟠竜丸《ばんりゆうまる》の艦将松岡磐吉《まつおかばんきち》ら各艦の責任者並びに輸送船に乗りこんでいる額兵隊の星恂太郎《じゆんたろう》、伝習隊の大鳥圭介らを開陽丸へ招いて、軍議を開催した。

「新政府軍は、五稜郭《ごりょうかく》にどれくらいの数を置いていると思う」

甲賀源吾が問いかけた。

「先ほど、近隣の漁師どもを捕まえて訊《き》き出したところによると、かなりの人数が最近になって箱館へ来たらしい」

榎本釜次郎が答えた。

「増援を呼んだか」

大鳥圭介が苦い顔をした。

かつて幕府は、箱館を開港するに伴って、奥羽の諸藩と蝦夷松前藩に警固の人数を出させ、諸外国の乱暴や侵略に備えるよう指示した。

また、あらたにフランスの教えを乞《こ》うて今までの城壁、櫓《やぐら》を備えた城ではなく、銃砲での戦いを意識した西洋式近代要塞《ようさい》を新築、五稜郭と名付け、箱館の防衛拠点としていた。

しかし、幕府崩壊に伴って、五稜郭は新政府に移管され、奥羽の諸藩は引きあげた。

残ったのは、蝦夷地を本拠とする松前藩と、箱館奉行に代わって派遣されてきた公家《くげ》清水谷侍従公考《しみずだにじじゅうきんなる》とその従兵だけであった。

幕府と新政府の戦いを内戦とした諸外国が局外中立を取ってくれたため、箱館では大きなもめ事もなく、兵力の少なさは問題にならなかった。

そこへ旧幕府海軍が蝦夷地を目指しているとの報が飛びこんできた。

「すわや、一大事」

戦いなんぞ門外漢の清水谷公考が大慌てで奥羽鎮撫使《ちんぶし》へ援軍を頼み、それに津軽藩や、庄内藩と戦うべく秋田まで来ていた備後《びんご》福山《ふくやま》藩兵が応じて、五稜郭に入っていた。

「となると、正面突破はまずいな」

しれっと軍議に参加していた土方歳三《ひじかたとしぞう》が口を挟んだ。

「我らは損耗できぬ」

大鳥圭介も同意した。

幕府洋式歩兵という精鋭を率いていた大鳥圭介だったが、会津《あいづ》防衛戦の要《かなめ》であった母成峠《ぼなりとうげ》の戦いで大敗して以来、慎重になっていた。

「物見《ものみ》をいたさねばならぬ。かつて箱館の佐藤軍兵衛《さとうぐんべえ》という廻船《かいせん》問屋からこの付近の話を聞いたことがあってな。少し東北に箱館の新政府に見つからず上陸できるところがあるはずだ」

「拙者が承《うけたまわ》ろうぞ」

榎本釜次郎の意見に、甲賀源吾が手を挙げた。

「上陸できるだけの場所を探して参る」

すぐに甲賀源吾が動いた。

「では、その間にこちらは新政府の兵力がどれほどかを確認しよう」

榎本釜次郎が腰を上げた。

「どうするというんでえ」

土方歳三が榎本釜次郎に問うた。

「まさか、五稜郭まで出向こうというんじゃあるめえな」

「そんなまねはせぬ」

言った土方歳三に、榎本釜次郎が苦笑した。

「箱館に停泊している外国船に挨拶をしてくるだけだ」

「おもしろそうじゃねえか。おいらもつきあうぜ」

策を口にした榎本釜次郎に、土方歳三が同行を求めた。

「腰のものを抜くなよ」

「わかっている。心配するねえ。おいらの刀は、夷狄《いてき》を斬らねえ。やるのは、薩長とそいつらに尾を振った連中だけよ」

榎本釜次郎に釘《くぎ》を刺された土方歳三が小さく嗤《わら》った。

「後を任せる」

「承知した」

短艇《カッター》に降りていく榎本釜次郎と土方歳三を見送った澤太郎左衛門がうなずいた。

「総員、戦闘準備に入る。砲の点検をおこなえ。火薬は湿っておらぬかもしっかりと確かめろ。蒸気機関、いつでも全速を出せるように整備をいたせ」

残った澤太郎左衛門が船員たちに矢継ぎ早な指示を出した。

「開陽の実力、見せつけてくれるわ」

澤太郎左衛門が意気込んだ。

二

箱館湾内に停泊していたロシア軍艦とアメリカ軍艦を訪問して、榎本釜次郎が帰ってきた。

「どうであった」

「なにを言ってるか、わかりゃしねえ」

身を乗り出して問うた大鳥圭介に、土方歳三が首を竦《すく》めた。

「おぬしには訊いておらぬ。外国語なんぞ、耳にも入れまいが」

母成峠での撤退以来、行動を共にしている大鳥圭介と土方歳三の間に遠慮はない。

「わかっているなら、榎本さんが言うのを待ちな」

焦るなと土方歳三が大鳥圭介を宥《なだ》めた。

「……であったな」

大鳥圭介が深呼吸をして落ち着いた。

「朝方と昼ごろ、二度の援軍があったそうだ」

榎本釜次郎が口を開いた。

局外中立を宣言しているとはいえ、戦争がおこなわれているのだ。軍艦に乗っている軍人たちが、無関心なはずはない。

ロシアもアメリカもしっかりと新政府軍の援軍を確認していた。

「朝がおよそ百、昼は英吉利《エゲレス》船モーナで、一千ほど運ばれてきたらしい」

「合わせて千百か。もともとの新政府軍と松前藩兵を合わせれば……一千三百ほどか」

星恂太郎が推測した。

「そのあたりだろうな。兵装は新式銃だろう」

「砲は」

首肯《しゅこう》した榎本釜次郎に、星恂太郎が続けて訊いた。

「砲らしきものはなかったそうだ」

「となると五稜郭に備えつけられている砲だけか」

星恂太郎が腕を組んだ。

「こちらは精鋭だが、二千しかおらぬ。数で優《まさ》るとはいえ、三倍要《い》るといわれる城攻めは辛《つら》いぞ」

大鳥圭介らが難しい顔をした。

「船では城攻めはできぬだろう」

「ああ、五稜郭を設計するとき、海からの砲撃では届かぬところを選んだはずだ」

「ブリューネどのに確認しろ」

「野戦に持ちこめば、こちらの勝ちは揺らがぬの」

「どうやって持ちこむ」

軍議が盛りあがり始めたところに、物見に出ていた甲賀源吾が戻ってきた。

「ご苦労だった。で、どうだ」

ねぎらった榎本釜次郎が早速に尋ねた。

「この少し北に、短艇で上陸できる砂浜がある」

甲賀源吾が報告した。

「そこから兵を上陸させるか」

「それがよかろう」

「船はどうする」

「甲賀、頼めるか」

輸送船の護衛に付いてくれと榎本釜次郎が言った。

「わかった。場所を知っているのは、拙者だけだからな」

甲賀源吾が首肯した。

「残った開陽丸、蟠竜丸は、箱館への援軍を阻止するため、海峡封鎖の任に就く」

「承知」

「わかった」

榎本釜次郎の指示に、澤太郎左衛門、松岡磐吉、森本弘策が首を縦に振った。

「待て、榎本」

行動に移ろうとした榎本釜次郎たちを、軍議に参加しながら、静かに耳を傾けていた永井《ながい》尚志《なおむね》が制した。

永井尚志は、三河奥殿《みかわおくとの》藩松平家の直系であったが、事情があって旗本永井家の養子になった。長崎海軍伝習所総監理を皮切りに、外国奉行、軍艦奉行と順調な役人人生を送っていたが、安政《あんせい》の大獄に巻きこまれて失脚した。だが、その能力を高く買っていた十五代将軍慶喜によって、ふたたび表舞台に返り咲き、京都町奉行に任じられ、激動の都へと赴任した。

そこでも遺憾《いかん》なく能力を発揮した永井尚志は、旗本の顕官《けんかん》大目付となり、京にあった徳川慶喜を補佐、八月十八日の政変、禁門《きんもん》の変では幕府を代表して朝廷と交渉し、大政奉還でも下工作に尽力した。

征夷大将軍という地位を返し、幕府を解散した徳川家において交渉能力に長《た》ける永井尚志はより頼りにされ、ついには若年寄にまで登ったが、鳥羽伏見の戦いを防げず、さらに江戸へ逃げ出す徳川慶喜の供として大坂を離れるという失態を演じさせられた。

江戸城明け渡しでも活躍の場を与えられなかった永井尚志は、謹慎をする徳川慶喜と決別、海軍の脱走に同行していた。

その身分の高さから、旧幕府海軍の総裁ともいうべき地位にあったが、艦隊行動や操艦にかんして、榎本釜次郎や澤太郎左衛門に劣るとして、普段は余計な口を挟むことはなかった。

「いかがなさいました、永井さま」

旧幕府に属していた者たちの官位は停止されている。永井に対して、従五位《じゆごい》主水正《もんどのかみ》との呼び名を使えなくなっていた。

「いきなり襲いかかるのはよろしくない。一応とはいえ、恭順の願いも出した。まずは、穏便に城の明け渡しについて交渉すべきであろう。義は通さねばならぬ」

「交渉でございまするか……」

「………」

永井尚志の提案に榎本釜次郎が困惑し、澤太郎左衛門が黙った。

「そうじゃ。我らの真意を、幕臣が生きていける場所を求めているという窮状《きゆうじよう》を訴え、まずは譲歩を願うべきであろう」

徳川家は四百万石以上の領地のほとんどと全国の鉱山、交易や商売の運上《うんじよう》を失い、今や七十万石の一大名へと落魄《らくはく》していた。

七十万石といえば、加賀の前田家、薩摩の島津家に次ぐ大藩であるが、家臣の数が多すぎた。今まで四百万石の将軍として、旗本、御家人を抱えていたのが、いきなり七十万石では、とても禄が足りない。

「朝廷へ恭順し、ご奉公をなす者は、屋敷地、禄高ともに安堵《あんど》いたす」

旗本であろうが御家人であろうが、朝臣となるならば、禄は変わらず支給するという新政府の触れは出た。

「駿河《するが》へ供する者は無禄を覚悟して来い」

その触れをあてにした勝海舟が冷たく宣言したが、

「三百年忠誠を尽くした我らを上様がお見捨てになるはずはなし」

と勝手に思いこんで、江戸の屋敷を捨てて旗本、御家人のほとんどが、駿河へ移住している。

移住した駿河では、旗本、御家人が住む家さえなく、百姓家に間借りしたり、寺の本堂に数家族もが押しこまれたりしているうえに、食べもの、着るものさえ足りない。重代の家宝、妻子の衣類をわずかな米と交換して、露命を繋《つな》いでいると、旧幕府海軍にも聞こえるほど苦労している。

その苦労をなんとかするために、榎本釜次郎たちは未開の地蝦夷を目指したのだ。いまだ誰の手も入っていない蝦夷を開拓して、生きようとしているところに新政府の攻撃を受けてはたまらない。

永井尚志の言葉は、正論と言えた。

「我らは禽獣《きんじゅう》ではない。人として誠意を尽くすべきである。そうしてこそ、蝦夷に新しき国を造ることができ、民も我らに従うであろう」

酔うように永井尚志が続けた。

「諸外国もそうだ。今後、箱館の開港を続けるとあれば、我らが不意を打つような卑《ひ》怯者《きようもの》だと思われるのは得策ではない」

永井尚志が強く主張した。

「……いかがか」

「永井さまの言、まさにと思いましてござる。その役目、是非わたくしに」

遊撃隊の人見勝太郎が賛意を示した。

「となるとまず使節を無事に上陸させねばならぬな」

榎本釜次郎が難しい顔で、澤太郎左衛門を見た。

「北西の風が強くなってきておる。雪も降り出した」

澤太郎左衛門が箱館付近の海が荒れ始めたと述べた。

「また嵐か」

甲賀源吾らが露骨に頬《ほお》をゆがめた。

旧幕府海軍には嵐に嫌な思い出があった。八月十九日、品川を出帆した旧幕府海軍は、房総沖で台風に巻きこまれ、美賀保丸、咸臨丸《かんりんまる》と多くの将兵を失っている。なんとか仙台へたどり着いた開陽丸他も満身創痍《まんしんそうい》で、その修復にかなりの手間を要した。ようやく目の当たりにした蝦夷は周囲を海に囲まれた巨大な島であり、海軍力を失うのは致命傷になる。

「輸送船を無事に運ぶには、やはり牽引《けんいん》するしかないな」

榎本釜次郎は策の変更を余儀なくされた。

回天丸を先導役として、開陽丸が鳳凰丸を、長鯨丸が千秋丸を曳《ひ》き、上陸予定地点鷲ノ木浜《わしのきはま》へ向かった。途中、荒天に煽《あお》られた千秋丸が、長鯨丸の舷側《げんそく》に衝突するといった事態があり、長鯨丸は予定地点より大きく流され、海上での合流をあきらめるという予定外のこともあった。

「まずは嘆願使だ」

榎本釜次郎の合図で、遊撃隊人見勝太郎を正使に伝習隊本多《ほんだ》幸七郎《こうしちろう》を副使とし、護衛をつけた先導隊を上陸させせようとした。

しかし、夜が更けるに近づいて、風雪が激しくなり、短艇が思うように進まなくなった。

「なんとしても上陸を」

皆、最終目的地の蝦夷を前にして、必死になった。

「む、無念」

「おいっ、大丈夫か」

雪と風に煽られた波浪が、たちまち短艇に乗っている陸戦兵の体温を奪っていく。

「助けを求めよ」

なんとか上陸できた陸戦兵が、浜辺近くの鷲ノ木村へ駆けこみ、住民の手助けを受けたが、十六名の死者が出た。

「幸先《さいさき》の悪い」

「止《よ》せ。吾《われ》しか聞いておらぬとはいえ、知られれば、兵の士気にかかわるぞ」

苦い顔をした榎本釜次郎を澤太郎左衛門がたしなめた。

「そうであった」

榎本釜次郎が詫《わ》びた。

「しかし、ここまで思う通りにいかぬとあっては……」

「それが戦《いくさ》というものだろう。二度の征長と鳥羽伏見で思い知ったはずだ」

愚痴《ぐち》をこぼす榎本釜次郎を澤太郎左衛門が叱《しか》った。

「…………」

「おぬしの背中に負わせて悪いとは思う。だが、おぬしでなければならぬのだ。吾や永井どのでは務まらぬ」

　黙りこんだ榎本釜次郎に、澤太郎左衛門が言った。

「不満か、永井どのが」

「ああ、不満だ。いつまでも交渉だなどと……そういう段階ではもうなかろう。なにより、新政府は端《はな》から我らを相手にしてはくれぬ。それに対して嘆願とは、あれはこれ以上の悪名を怖れているだけよ」

「戦いにならねば、それにこしたことはなかろう」

　文句を言う澤太郎左衛門を榎本釜次郎が宥《なだ》めた。

「死なせるのが怖くなったか」

「…………」

　澤太郎左衛門の指摘に、榎本釜次郎が沈黙した。

「おぬしは人を殺したことがない。吾もだがな」

「春日丸《かすがまる》に砲弾を撃ちこんだぞ」

　鳥羽伏見の戦いの前哨戦《ぜんしょうせん》のことを榎本釜次郎が持ち出した。

「鉄炮《てっぽう》や砲の攻撃で、人が死んでも己がやったとは感じまい。やはり、刀や槍《やり》で遣《や》り合わねば……血と肝脳《かんのう》にまみれねばな」

「なにを言うか、太郎左衛門」

「後悔したのだろう、房総沖の嵐で美賀保丸を失ったことを。咸臨丸の乗組員が惨殺されたことを。だからこそ、永井どのの絵空事を受けいれてしまった」

「………」

痛いところを突かれた榎本釜次郎がふたたび黙った。

「使者を出すとなれば、箱館湾へ開陽丸を入れて砲撃はできぬ。どちらにせよ、陸戦兵を上陸させねば、船だけで箱館は占領できぬ」

澤太郎左衛門が上陸はしなければならなかったと認めた。

「だが、なにも風のきつい今である意味はない。少し待って、海が落ち着いてからでもよかったはずだ」

「それでは、新政府側の援軍が増えるぞ」

榎本釜次郎が反論した。

「本気で言っているのか……」

冷たい目で澤太郎左衛門が榎本釜次郎を見た。

「……うっ」

榎本釜次郎が呻いた。

「この開陽丸が翻弄《ほんろう》されるとまでは言わぬ。が、航海に困難を生じる荒天の海峡を、新政府軍ごときの船が渡ってこられると」

澤太郎左衛門が続けた。

「我らが設計からかかわり、造船、試運転、そして和蘭陀《オランダ》から日本まで運航した開陽丸より優る船があやつらにあるか」

「……………」

「長崎海軍伝習所、神戸海軍操練所、そして和蘭陀留学を果たした我ら以上の乗組員が、新政府におるか」

「おらぬ。だが、諸外国の船が……」

今朝もモーナ号が新政府軍の兵を運んできたと榎本釜次郎が言い返そうとした。

「諸外国の船が、嵐をこえて新政府軍の兵を運んでくれると」

「それはっ……」

澤太郎左衛門に言われて、榎本釜次郎が詰まった。

船乗りはどこの国の者でも勇敢であった。荒れ狂う海にでも立ち向かい、襲い来る海賊と命がけで戦う。

しかし、これは己の船を守るためであり、無謀なまねをすることはない。荒れているとわかっている海へ、船を出すことは決してなかった。

その判断ができない船長を、船乗りたちは認めない。それこそ、偶然を装って、船長を荒れた海へ放《ほう》り出し、己たちの命と船、そして積み荷を守るのが、船乗りというものであった。

「援軍に目を向けすぎだ。我らは一戦しかしていない新兵だが、陸戦兵は違う。勝ちはしなかったが、関東、奥羽で装備と数に優る新政府軍を相手に戦いを重ねてきた猛《も》者《さ》ばかりぞ。あの土方歳三を思い出せ。あれは人のしていい目ではない。あれは鬼だ。そんな鬼が、同数の敵に負けるはずなかろう」

「鬼……」

「焦るな釜次郎、蝦夷は逃げぬ」

土方歳三を脳裏に思い浮かべているだろう榎本釜次郎に澤太郎左衛門が告げた。

「焦っているか、吾は」

榎本釜次郎が唖《あ》然《ぜん》とした。

「ああ。焦っている。だからこそ、こんな嵐のなか、短艇を出させるようなまねをしたのだ」

「止めてくれれば……」

「馬鹿を言うな。釜次郎は我らの頭領ぞ。その頭領の決定に、異を唱えてどうする。そうでなくとも、彰義隊《しょうぎたい》、伝習隊、額兵隊、諸藩脱藩兵、そして海軍と一枚岩どころか、割れたギヤマンを無理矢理合わせたような状況で、艦隊将の意見に逆らう艦将。どれだけの悪夢だ」

「そうだったな。すまぬ」

澤太郎左衛門に説教された榎本釜次郎が謝罪した。

「無謀だとわかっていての上陸で十六人が死んだ。それを引き起こしたのは、己だと後悔するのは勝手だが、それに我らを引きずりこまないでくれ」

「後悔もできぬか」

「それが人の上に立つ者の責任だ。後悔は、死んでからでもできるだろう。今は、なすべきことをなしてくれ」

澤太郎左衛門が嘆く榎本釜次郎を叱咤《しった》した。

少しでも早く使者を出す。

三

「重要な任である。できるだけ交戦を避け、穏便に清水谷さまとお話をしてくれるよう」

永井尚志に見送られて、遊撃隊隊長人見勝太郎と伝習隊歩兵指図役本多幸七郎の二人を正副使とし、三十名の護衛を付けた小隊が五稜郭のなか、旧箱館奉行所に設けられている箱館知事府へと出発した。

小雪が風で顔に叩《たた》きつけてくる悪天候のなか、人見勝太郎たちはゆっくりと進んでいった。

「三十名では不安だ」

上陸した後、態勢を整えた大鳥圭介が、伝習隊から指図役一人を付けて百人に後を追わせた。

「二手に分かれて、箱館を目指す」

本隊が出発できたのは、さらに二日経《た》ってからであった。

荒天が収まらないと、鉄炮や砲、弾薬を上陸させられなかったのだ。さらに濡《ぬ》れた衣服も乾かさなければ、体温を奪われて死者が出てしまう。

「まだけえ。だから洋式は駄目なんだ。武士は、こいつだけあればいいものを」

苛立《いらだ》った土方歳三が、腰の太刀を叩きながら不満を口に出したが、だからといって早まるはずもない。

鳥羽伏見で旧幕府に属していた者は、装備の重要性が身に染みていた。歴戦の剣術遣いの集団であった新選組が、新式鉄炮の前に壊滅させられた日のことを皆忘れてはいなかった。

「第一隊出る」

大鳥圭介を隊長とした第一隊は、伝習隊、遊撃隊、新選組、工兵隊からなる五百二十人が、鷲ノ木から茅部《かやべ》街道を進んで五稜郭、箱館へ向かい、

「第二隊、付いてきな」

土方歳三を頭《かしら》に額兵隊、陸戦隊《りくせんたい》の五百人が川汲峠《かつくみとうげ》から湯川《ゆのかわ》を経由して五稜郭へと、迂回路《うかいろ》を取った。

もとより大鳥圭介も土方歳三も、嘆願書が通るなどとは思っていない。なにせ、一応嘆願の形を取っているが、しっかり最後には、こちらの望みが叶《かな》えられないときに

は、新政府に対し手向かうと書いてある。ようは、脅しである。

「急げ、人見たちを死なせるわけにはいかぬ」

第一隊の大鳥圭介は、雪をかき分けて進んだ。

大鳥圭介たちは、人見勝太郎たちが嘆願書を清水谷公考に渡した後、その無礼を咎《とが》められて、五稜郭で殺されるのを防ぐつもりで急いでいた。

先行した一隊と合わせれば、およそ七百人にもなる洋式歩兵と新選組の集まりは、射撃戦でも近接戦闘でも無敵に近い。その気迫は、五稜郭に詰めている寄せ集めの新政府軍を圧倒できる。

「人見たちになにかをしたら、報復を覚悟しろ」

大鳥圭介の役目はこの一点、抑止に尽きる。

「急げ、急げ」

強行軍で大鳥圭介の第一隊は人見勝太郎たちを追った。

「第一隊より、先に五稜郭を落とす」

土方歳三も率いる第二隊を鼓舞していた。

第二隊は、歴戦の勇士たる土方歳三と装備では伝習隊をしのぐ仙台伊達藩の切り札ともいうべき額兵隊、そして装備は貧弱ながら奥州を転戦した陸戦隊からなる。ただ、

額兵隊には戦った経験がなかった。

「他に遅れるな」

額兵隊の頭星恂太郎が、隊士の尻を叩く。

「おう」

いざ初めての実戦と、はやった隊士たちの意気も高い。

「やってやるぜ、裏切り者ども」

土方歳三が、幕府を裏切って新政府に付いた諸大名を呪った。

だが、第一、第二ともに、いや、榎本釜次郎たちも気づいていないことがあった。

すでに新政府の枠組みに入った鷲ノ木村には駐屯兵がおり、二十日に旧幕府海軍が上陸してきたことと、その戦力を五稜郭へ報《しら》せていたのである。

「徳川海軍、当地に来たり。一艘《そう》よりまず三十人ほどが上陸、続いて五、六百ほど揚陸」

急のために用意されていた騎馬を使っての報告は、二十日の深夜五稜郭へ着いた。

「賊徒を箱館に入れるな」

清水谷公考の命で、新政府軍は、旧幕府軍を鷲ノ木から五稜郭へ至る途中の峠下《とうげした》で迎え撃つことにした。

「津軽藩兵二小隊と箱館府兵は北側の山に、府兵の残りと松前藩兵が峠の正面、津軽藩兵二小隊は市渡《いちのわたり》の瀬で待機」

さすがに五稜郭を空にするわけにもいかず、新政府軍は合わせて三百ほどの兵を進発させた。

「……敵だな」

まっすぐに五稜郭を目指していた人見勝太郎が、新政府軍に気づいた。

「知られていたか」

悔しそうな顔をした本多幸七郎が、人見勝太郎に問うた。

「どういたす」

「我らは戦いに来たのではない。使者としてじゃ」

人見勝太郎がそう言って、前に出た。

「拙者も参ろう」

「いや、おぬしは残ってくれ。拙者になにかあったとき、兵たちを率いて使者の役目を果たしてもらわねばならぬ」

同行を申し出た本多幸七郎を人見勝太郎が制した。

「……わかった」

わずかな逡巡《しゅんじゅん》を見せた本多幸七郎だったが、退《ひ》いた。

「使者でござる。応接を願いたし」

人見勝太郎が大声をあげて、正面で陣を張っている松前藩兵に近づいた。

「新政府へ降伏するのか。ならば、武器を置き、無腰となって一人ずつ来い」

松前藩兵から確認の声がした。

「降伏の使者ではござらぬ。箱館府知事の清水谷公考さまに嘆願の筋があって、罷《まか》り越した者でござる」

「降伏以外は認めぬ」

人見勝太郎の申しぶんを、松前藩兵が却下した。

「……つっ」

松前藩兵が鉄炮を構えたのを見て、人見勝太郎があきらめた。

「駄目であった」

「どういたそうか」

人見勝太郎と本多幸七郎が顔を見合わせた。

すでに二十二日の日は落ちている。吹き続けていた風も収まりかけていた。

「正面の敵だけで百はいる。ここで後続を待ち、合流してから行動すべきだ」

「それしかない」

二人の意見が一致した。

三十人では戦いようがない。人見勝太郎たちは後続を待つため、観音山《かんのんやま》の麓《ふもと》に陣取った。


どちらもにらみ合う夜が過ぎるはずだった。

まさに夜半、銃声が響いた。

「どこだっ」

「誰か」

人見勝太郎と本多幸七郎があわてて、被害の有無と発砲した者がいないかを確認した。

「誰も撃ってはおりませぬ」

伝習隊にせよ、遊撃隊にせよ、歴戦の強者揃《つわものぞろ》いである。敵と対峙《たいじ》した緊張で、つい引き金に指がかかってなどという、愚かなまねはしない。

「敵が、近づいてきているか」

「篝火《かがりび》を消せ」

となれば、撃ってきたのは新政府軍でしかあり得ない。

人見勝太郎が物見を、本多幸七郎が目標となる火を消すように指図した。

「正面と北より、敵兵の動きあり」

物見に出た遊撃隊士が警告を発した。

「物陰に隠れよ。銃を構え」

ただちに人見勝太郎が迎撃を命じた。

三百の新政府軍のなかで、北側と正面を担当していた連中が、射撃をしつつ迫ってきていた。

「よく狙え」

「無駄弾を撃つなよ」

使者が役目だけに、十分な弾薬を持ってきてはいない。

そうでなくとも、夜間の射撃は当たりにくいのだ。滅多《めった》矢鱈《やたら》と撃てば、銃弾などあっという間に尽きてしまう。

「援軍が来るまで粘るぞ」

土地勘のないところで、夜に動くのは賢い選択とは言えなかった。人見勝太郎が隊士たちを鼓舞しつつ、希望を繋いだ。

「撃て、撃て」

新政府軍は数で優り、補給も十分にできている。当たる、当たらないを気にせず、銃を撃ってくる。

「くっ」

「肩が……」

野営に近い状況の人見勝太郎たちにはまともな遮蔽物《しゃへいぶつ》もない。撃たれている間に、怪我人《けがにん》が増えた。

「このままでは、削り取られるぞ」

本多幸七郎が人見勝太郎に手立てを問うた。

「……退くしかないか」

「退かせてくれるならばな」

撤退を考えている人見勝太郎に本多幸七郎が苦笑した。

「どうせ、やられるならば、突撃をするのも一興」

本多幸七郎がこのまま鉄炮の的になるより、決死の覚悟で突っこむほうがましだと言った。

「そうしたいところだが、嘆願書を野ざらしにするわけにもいくまい」

死んでしまえば、嘆願書は人見勝太郎の懐《ふところ》に仕舞われたままになる。

「ぐわっ」

ついに犠牲者が出た。

「撃ち返せ。もう、弾切れもかまわぬ」

人見勝太郎が大声をあげた。

たちまちその声を目がけて、銃弾が飛んできた。

「ちいいっ」

目の前の地面に穴を穿《うが》つ銃弾に、人見勝太郎が舌打ちをした。

「賊徒どもを一人残らず、討ち果たせ」

攻め手の指示が聞こえた。

「かかれえ」

そのまま新政府軍の兵士たちが陣地へ攻めこもうとした。

「ぎゃっ」

「う、撃たれた。どこから」

新政府軍の兵士がばたばたと倒れた。

「かまえ、撃て」

伝習隊の先鋒《せんぽう》が人見勝太郎のもとへ追いついたのであった。

徹底して洋式歩兵術を叩きこまれた伝習隊の射撃の腕はすさまじい。たちまち、新政府軍が乱れた。

「援軍だ」

「辛抱もこれまでだ。かかれっ」

人見勝太郎と本多幸七郎が、配下たちに突撃を命じた。

「わっ」

百名の援軍、それも歴戦を経験してきた伝習隊の精鋭が加わったところに、今までの憤懣《ふんまん》を爆発させた使者護衛隊の攻撃に、新政府軍は大混乱に陥った。

「先陣の者たちを救え」

後詰めの津軽藩兵たちが加わったが、一度敗色を濃くしてはどうしようもない。

夜明けが来る前に、新政府軍三百名は五稜郭へと敗走した。

「助かった」

使者護衛隊の隊士たちはため息を吐《つ》いたが、人見勝太郎は苦い顔であった。

「もう、嘆願書どころの騒ぎではなくなったな」

明るくなりかけた峠下には、新政府軍の兵士が骸《むくろ》を晒《さら》していた。

「撃ってきたのは、あちらだぞ」

ため息を吐く人見勝太郎に、本多幸七郎が言い返した。

「そんなもの、向こうが聞くと思うか。あちらは官軍で、こちらは賊徒。すべて悪いのは我らになる」

「……だの」

言われて本多幸七郎も同意するしかなかった。

「無駄になったな」

人見勝太郎が、懐から厳重に油紙に包まれた嘆願書を出して、何とも言えない顔をした。

「……とりあえずは、大鳥さんと合流だな」

被害を受けてもいる。なにより人数が足りない。

人見勝太郎は、後続部隊をここで待つことにした。

峠下での戦いとおなじようなものが、土方歳三のほうでもあった。こちらも新政府軍の待ち伏せであったが、そんなものは、京で長く勤王の志士と遣《や》り合い、生き延びてきた土方歳三に見抜かれ、あっさりと駆逐された。

「これが戦い……」

初めての実戦を終えて疲れた顔をした星恂太郎に、

「こんなもの、戦いじゃねえ。蹂躙《じゅうりん》だ。本当の戦いはもっとひりつくぜ。身体《からだ》中の皮膚が引き伸ばされるようになる」

土方歳三が笑った。

「どうするか、榎本に問い合わせを。返事が来るまで、休息」

嘆願という名目は崩れた。

このまま箱館へ進んでもいいが、別働隊との足並みを揃えたほうがいい。

土方歳三が、大休止を宣した。

四

十月二十四日、万全の準備をした大鳥圭介率いる伝習隊が、人見勝太郎たちと合流した。

「いたしかたないな」

大鳥圭介が嘆願書を人見勝太郎から渡されて嘆息した。

「端《はな》から期待はしておらぬさ。それよりもどういう状況であった」

苦笑した大鳥圭介が、二十二日深夜の戦闘詳報を求めた。

「一人で前に出て……」

人見勝太郎がちゃんと嘆願書を持った使者だと名乗ったと語った。

「使者を撃つとは……」

大鳥圭介が憤慨した。

「これで、新政府に義も信もないことがわかった。これからは遠慮せずともよい。新政府の者を見つけたら、ただちに攻撃を加えよ」

躊躇《ちゅうちょ》して、攻撃が遅れれば、己あるいは同僚がやられる。

敵が気遣いをしないならば、こちらもそのようにするだけだと大鳥圭介が一同に告知した。

箱館府知事清水谷公考は、敗戦の報を聞いて震えあがった。

「卑怯にも賊徒どもは、我らが宿営をしておるところへ、不意討ちをかけて参りました。ために十分な対応が取れず、また、夜というのもあり、被害が……」

峠下からかろうじて戻った箱館府兵が、非を人見勝太郎たちになすりつけた。

「徳川の者は、やはり獣である。人の言葉が通じぬ者どもは度しがたい」

それを信じた清水谷公考が旧幕府軍を非難した。

「兵どもはいかがじゃ。五稜郭に籠《こ》もっても戦えるか」

「損害が多く、とてもこの人数では、五稜郭を守りきれませぬ」

震えながら問うた清水谷公考に、野田豁通《のだひろみち》が首を左右に振った。

野田豁通は熊本藩士であった。早くから勤王運動に参加し、征討大総督配下の一人として各地を転戦、今回は備後福山藩兵たちを率いた援軍の頭として箱館へ入っていた。

堅城を造るのは容易《たやす》い。金と時間さえかければすむ。だが、それを維持するには人手が要った。どれほど丈夫な門でも敵の攻撃を防ぐ守衛兵がいなければ、いつか破れる。前哨戦で手痛い敗北を喫した新政府軍はその人員を大きく減じ、とても五稜郭すべての防御施設を維持できなくなっていた。

「保《も》たぬか」

「本土からの援軍が今日、明日にでも来てくれるというならば……」

確認した清水谷公考に野田豁通が俯《うつむ》いた。

「ならば麿《まろ》が本営へ戻り、援軍を求めてこようぞ。皆の者も麿の警固をしやれ」

清水谷公考は五稜郭を放棄すると告げた。

「わかりましてございまする」

勢いは新政府にある。ここで清水谷公考に逆らって、最後の一兵まで五稜郭を守るべきだとは言えなかった。言ったところで、海峡を旧幕府海軍に封鎖されているのだ。とても援軍は期待できなかった。

「では、建物を焼きまするか」

野田豁通が清水谷公考に問うた。

城を捨てて逃げるとき、そのままにしておけば、敵に利用される。それを嫌って火をかけるのは、当たり前の行為であった。

「馬鹿を申すな。ここは箱館府である。麿は逃げるのではない。援軍を率いて戻ってくるのだ。帰ってきたときに、ここがなければ、麿はどこに座を置くというのだ。なにより官が賊を怖《おそ》れてどうする」

「ですが、このままでは賊に……」

「一時、空き家に入りこまれるようなものじゃ。取り返せばすむ。まさか、そちは新政府軍が五稜郭を奪い返せぬなどと申すのではなかろうの」

「そのようなことは……」

清水谷公考に睨《にら》まれた野田豁通があわてて、否定した。

「船じゃ、船の用意をいたせ」

箱館から逃げるとなれば、海峡を通らなければならない。清水谷公考が手配を命じた。

「はっ」

野田豁通が清水谷公考の前を下がった。

「大事ございませぬか。海峡には賊徒の軍艦が待ち構えておりますぞ」

松前藩兵の代表が忠告した。

「清水谷さまがご乗船とあらば、襲うまい。聞いたところでは、峠下の賊徒は嘆願書を清水谷さまへ渡したいと願っていたという」

「嘆願書……それをわかっていて」

すぐに松前藩兵の代表が、峠下での戦いの真実に気づいた。

「賊徒とは話をせぬ。そう、通達が出てござろう」

「…………」

野田豁通に言われた松前藩兵の代表が黙った。

松前藩は、新政府に弱みがあった。

新政府が箱館に来たとき、松前藩は恭順する振りをしながら、裏では奥羽越列藩同盟に参加していたのだ。

田畑がない松前藩はアイヌとの交易という名目での搾取《さくしゅ》で、なんとか藩を維持していた。当然ながら、とても新装備を買うだけの金はなく、勝つほうに与《くみ》することでしか生き残るのは難しい。そのため、両天秤《りょうてんびん》にかけていたのだ。

しかし、それもいつまでも続くものではなく、七月二十八日、奥羽越列藩同盟に参加すべきとしていた者たちを粛清、あらためて新政府に忠誠を誓ったが、疑いの目を向けられていた。

野田豁通は、松前藩も逆らえば潰《つぶ》すと暗に脅したのであった。

「わかりましてござる」

松前藩兵の代表が退《ひ》いた。

結果、清水谷公考の求めに奔走した箱館府の役人によって、箱館港にいた秋田藩佐《さ》竹《たけ》家の藩船陽春丸《ようしゅんまる》とプロシアの輸送船タイパンヨー号を借りることができた。

「急ぎや」

二十五日、清水谷公考に急《せ》かされた箱館府の役人、兵士たちは出港、備後福山藩兵、大野《おおの》藩兵らが供をした。

「我らは松前に戻り、防備を固めまする」

松前藩兵たちは、海路ではなく陸路をたどって、箱館を離れた。

もちろん、その船を開陽丸は見つけていた。

「どうする」

澤太郎左衛門が対応を榎本釜次郎に訊いた。

「沈めるわけにもいくまい。清水谷公を殺せば、新政府はやっきになる」

榎本釜次郎が首を横に振った。

「随伴兵を積んでいる普魯西《プロシア》の船も見逃すのか」

「当たり前だ。いかに乗っているのが敵兵だとしても、普魯西の船を攻撃するわけにはいかぬ。それこそ、かつて馬関《ばかん》海峡で外国船を砲撃、四カ国連合によって焦土とされた下関《しものせき》の二の舞じゃ」

榎本釜次郎が拒否した。

「そうか……」

澤太郎左衛門が素直に退いた。

「砲撃用意、納め」

榎本釜次郎から離れて、澤太郎左衛門が艦内へ降りた。

「砲弾を抜け。慎重にだ」

澤太郎左衛門が砲撃員たちに声をかけた。

「撃たぬのでございますか」

砲撃員が不満そうな顔をした。

「撃たぬ。いや、撃てぬ。今はまだ」

「今はまだとは、いずれ……」

首を左右に振った澤太郎左衛門に、砲撃員が身を乗り出した。

「近いうちに、嫌と言うほど撃つ日が来る」

澤太郎左衛門が一度言葉を切った。

「ああやって箱館府の者どもが逃げ出した。つまり、箱館は我らが手に入ったのだ」

「おおっ」

「やったぞ」

「勝利だ」

艦内が凱歌《がいか》に湧《わ》いた。

「だが、まだ蝦夷地を支配したわけではない」

「松前藩でございまするな」

「そうだ」

確認した砲撃員に澤太郎左衛門がうなずいた。

「松前は海に面している城だという。箱館の次は松前になる。城の攻略に、このクルップ砲を使う手はずになろう」

「城攻めに使える」

澤太郎左衛門の話に、砲撃員たちが身体を震わせた。陸《おか》に上がった河童《かっぱ》との陰口を見返せる。

「蝦夷地の者に、開陽丸の力を見せつけてやろう。それには、万一のことがあってはなるまい。十全の準備を怠《おこた》るわけにはいかぬ。いざというとき、弾が出ませんでしたとか、当たりませんでしたとかでは、海軍の恥である。五稜郭は陸兵が落とした。ならば、松前は、我らで取る」

「そうだ、そうだ」

右手の拳《こぶし》を高く上げた澤太郎左衛門に、砲撃員が興奮した。

「……開陽丸よ。後少しの辛抱ぞ。その力を世界中に知らしめるときは近い」

箱館を奪われた新政府が黙っているはずはない。かならずや奪い返しにくる。そのとき、最初の戦いは、海峡の支配を争う海軍同士のものとなる。

小さく呟《つぶや》いた澤太郎左衛門が、左手で開陽丸の船体を撫《な》でた。

第六章　儚《はかな》き海

一

箱館府知事清水谷公考《しみずだにきんなる》らが箱館を逃げた。

旧幕府海軍の軍艦は、これを追撃せず、見送った。

「新政府を刺激する」

旧幕府若年寄だった永井尚志《なおむね》の主張を邪魔する者がいなかったのもあるが、開陽丸の運航に支障が出ていたのだ。

品川を出帆してすぐ、房総半島沖で遭遇した大嵐のため、マストを折られ、舵《かじ》をやられた開陽丸は、仙台松島沖で修理を受けたが、十分なところまでもっていけなかった。

　オランダで製造された最新鋭のスクリュー推進の船を修理するだけの技術も船渠《せんきよ》もない。完全に修理ができるのは、横浜あるいは神戸のどちらかであり、新政府軍の支配下にあるそのどちらにも開陽丸は入れなかった。

「ずいぶんとお優しいことだ」

　清水谷公考らを乗せた船と入れ替わるように箱館湾へ入ってきた澤太郎左衛門貞説《さだとき》らを、土方歳三《ひじかたとしぞう》が皮肉った。

「我らは餓狼《がろう》に非《あら》ず。旧幕臣のために蝦夷地《えぞち》を開拓する有志である」

「餓狼ねえ。こっちはそのつもりかもしれねえが、薩長は餓狼だぞ。減らせるときに減らしておかねえと、脇腹を食いちぎられるぞ」

　嫌そうな顔をする永井尚志に、土方歳三が嚙《か》みついた。

「落ち着いてくれ、二人とも」

　榎本釜次郎武揚が割って入った。

「とにかく、五稜郭《ごりようかく》は手に入ったのだ。今は、それを喜ぶべきときぞ」

「……たしかに」

「しかたねえ」

言われた二人が退《ひ》いた。

「そろそろ日暮れにもなる。正式な入城は明日としよう。大鳥どの、何人か出して五稜郭を調べてもらえぬか」

榎本釜次郎が大鳥圭介に頼んだ。

「すでに人は入れている。空き家になったとあれば、不埒《ふらち》なことを考える輩《やから》も出ようほどに」

「さすがである」

手配りはすんでいるという大鳥圭介に、榎本釜次郎が賞賛を贈った。

「明日は、箱館の住民どもにこの地の主が代わったことを知らしめるため、隊列を組んで五稜郭へ向かう。身形《みなり》など整えておくように」

榎本釜次郎が注意を与えて、一同を解散させた。

「松前藩はどうする」

一人残った土方歳三が問うた。

「できれば味方に引き入れたい」

榎本釜次郎が答えた。

「松前は二股膏薬《ふたまたこうやく》だぞ。あんな連中より、おいらの実家の石田《いしだ》散薬《さんやく》のほうが、よっぽどましだ」

土方歳三が嘲笑《ちょうしょう》を浮かべた。

新選組鬼の副長と怖《おそ》れられた天然理心流《てんねんりしんりゅう》の土方歳三は、百姓の出であった。といっても、村の庄屋であり、かなり裕福な家である。その裕福さの理由の一つに、打ち身によく効くとして、人気であった石田散薬の製造元というのもあった。

土方家の四男として生を享《う》けた歳三は、幼いころから乱暴者で知られ、手に負えなくなった長兄によって、天然理心流近藤《こんどう》道場へ放《ほう》りこまれたのだ。

「松前藩は奥羽越《おううえつ》列藩同盟にも属していながら、一度も兵を出さず、箱館が新政府のものになると恭順した。裏では奥羽越列藩同盟と繫《つな》がっていながらだ。まったく、藤《とう》堂《どう》藩も真っ青な裏切り者だな」

土方歳三がいう藤堂藩は幕府側に属していながら、伏見の戦いで徳川が不利になると、大砲の砲門を逆に向け、いきなり撃ちこんできた。

徳川家康から信用され、関ヶ原の合戦後大坂の豊臣家を抑えるためとはいえ、伊予《いよ》今治《いまばり》から伊勢津《いせつ》へと大領をもって封《ほう》じられながら、あっさりと裏切った。

旧幕府脱走兵たちは、藤堂藩を蛇蝎《だかつ》のごとく嫌っていた。

「だが、新政府軍と松前藩の両方を相手にするだけの余力はない」

二千ほどの兵と海軍しかない。そのうえ、海軍の主力たる開陽丸が故障している。箱館湾に入ってから、修理をさせてはいるが、やはり設備と材料が不足している。応急修理が精一杯で、とても十全な活躍は望めない。まだ蟠竜丸《ばんりゅうまる》や回天丸など優秀な軍艦があるので、箱館を守るくらいはできるだろうが、江《え》差《さし》あたりに上陸し、陸路を使って攻めてこられれば、かなりの苦戦が予想された。

「とりあえず、松前藩を口説いてみよう」

「無駄だと思うぜ」

渋る土方歳三を抑え、榎本釜次郎が決定を降《くだ》した。

慶応四年（一八六八）十月二十六日、小雪の舞うなか旧幕府脱走兵たちは、堂々と隊列を組んで行進、五稜郭へ入城した。

「どうなってしまうのじゃろ」

鉄炮《てっぽう》を担ぎ、大砲を牽《ひ》いて進む軍勢を、箱館の住民たちが怖々《こわごわ》見つめていた。

新政府と徳川幕府の戦いは、あくまでも津軽海峡をこえた向こうの話であり、箱館では、箱館奉行杉浦《すぎうら》兵庫頭《ひょうごのかみ》正一郎《しょういちろう》と清水谷公考との間で、すんなりと権限の委譲がおこなわれていた。さらに現地で採用された箱館奉行所の役人たちが、そのまま箱館府の下僚として雇われたこともあり、箱館の者たちにとって、奥羽越列藩同盟も戊辰《ぼしん》戦争も関係なかった。

それが目の前に戦争が近づいてくると見せられたのだ。

箱館の住民たちが震えたのも当然であった。

「やっと居所ができた」

対して長い船旅に疲れていた旧幕府脱走兵たちが床の上で眠れることに喜んだ。

「兵糧《ひょうろう》もあるぞ」

あわてて逃げ出した清水谷公考たちは、五稜郭に置いてあった武器弾薬、兵糧をそのままにしていった。

「腹一杯喰《く》える」

船のなかでは、どうしても十分な調理ができない。握り飯が出ればよいほうで、海が荒れようものならば、煮炊きができなくなり、干《ほ》し飯《いい》と味噌《みそ》だけになった。

寒い蝦夷の地で温かい汁と飯は、未来《さき》の見えない旧幕府脱走兵たちに、力を与えた。

「集まってくれ」

食事と睡眠をすませた榎本釜次郎は、五稜郭の中央に位置する表御殿代わりの旧箱館奉行所へと一同を集めた。

「新政府軍はしばらくやってこられまい」

「どういう理屈だ、それは」

榎本釜次郎の発言に、土方歳三が怪訝《けげん》な顔をした。

「冬の津軽海峡が荒れるからだ」

「船で渡ってこられまいと。おい、澤」

榎本釜次郎の答えを聞いた土方歳三が、澤太郎左衛門に顔を向けた。

「冬の津軽海峡を、ご自慢の開陽丸は渡れねえか」

「渡れる」

短く澤太郎左衛門が応じた。

「榎本さんよ、こう言っているぜ」

土方歳三が榎本釜次郎へ、目を戻した。

「太郎左衛門、ちゃんと言え」

榎本釜次郎が、澤太郎左衛門に文句を付けた。

「ちゃんと……」

「渡れるのは、開陽丸と蟠竜丸、回天丸ぐらいだ」

首をかしげた土方歳三に澤太郎左衛門が告げた。

「ようするに、新政府軍じゃ渡れないと」

「英吉利《エゲレス》や仏蘭西《フランス》、露西亜《ロシア》などの船を借りぬ限りはな」

澤太郎左衛門が付け加えた。

「船だけを借りる……その手があったか」

榎本釜次郎が表情を険しくした。

「松前藩のことよりも、そちらが急務であるな」

「諸外国との交渉ごとは、勘弁だ」

さっさと土方歳三ができないと表明した。

「わかっている。おぬしにそれをさせるほど、我らは人材不足ではない」

「言うねえ」

榎本釜次郎の反応に、土方歳三が唇をゆがめた。

「その代わり、松前へ行って欲しい」

「そいつはかまわねえが、使者を出したのではなかったか」

「先ほども言ったであろう、ときがないと」

榎本釜次郎が首を横に振った。

「松前藩は二股膏薬だ。新政府が有利となれば新政府に、我らが強くなれば我らに従う。だが、このすべてが振りだ。真から我らの仲間となることはない」

「わかっていて、勧誘の使者とは、おめえもずいぶんと人の悪いことだ」

土方歳三が口の端をゆがめた。

「永井さまがお気になさるゆえな」

榎本釜次郎が苦笑した。

旧幕府脱走兵、旧幕府海軍のなかでもと若年寄の永井尚志がもっとも上席になる。あいにく実戦の経験も少なく、船にかんしては門外漢に近い。そのため、江戸を離れて蝦夷地に来るまでは、榎本釜次郎がすべての指揮を執ってきた。

しかし、五稜郭という拠点を手にした以上、指揮系統は見直さざるを得ない。崩壊した幕府における身分など無価値だとはいえ、それで人が集まっているところもある。

今はまだ指揮系統などに気を回す余裕はないが、いずれ誰がすべての権を握るか、誰がそれを補佐するかを決めなければならなくなる。

「幕府と同じ愚を犯すつもりか」

土方歳三の声が低くなった。

「生まれがいいから、なんでもできるという愚を」

「そんなつもりはない。ないが、あまりにも我らは混迷に過ぎる。旧幕府海軍、旧幕府歩兵、各藩脱走兵と、一枚岩ではない」

　榎本釜次郎が苦く頬《ほお》を緩めた。

「幕府海軍と幕府歩兵の間にも大きな溝がある」

　澤太郎左衛門が口を開いた。

「幕府海軍は負けていない」

　不敗というより、戦う場を与えられなかったに等しいが、幕府海軍は薩摩、長州、その他の藩が持つ海軍と戦ってさえいない。それに今でこそ新政府に船を譲渡して勢力は減っているが、徳川幕府が崩壊したこの四月までは、船の数、艦の性能、兵の質、そのどれをとっても日本一、いや東洋一だったのだ。

「歩兵たちを下に見ていると」

　土方歳三が怒気を発した。

「そうだ。鳥羽伏見で陸軍が負けなければ、今頃我らは箱館湾ではなく、鹿児島湾にいただろうとな」

「てめえ」

　淡々と言う澤太郎左衛門に、土方歳三が太刀《たち》の柄《つか》に手をかけた。

「土方、よせ」

大鳥圭介が二人の間に割って入った。

「太郎左衛門、言い過ぎだ」

榎本釜次郎が澤太郎左衛門をたしなめた。

「釜次郎、おまえはまったくそうとは思っていないのか」

「……………」

痛いところを澤太郎左衛門に突かれた榎本釜次郎が黙った。

「大鳥どの、拙者はまちがっているのか」

「まちがってはおらぬ」

苦々しく頰をゆがめながら、大鳥圭介が認めた。

「あのとき、我ら陸軍が勝っていれば……」

大鳥圭介がうなだれた。

「おめえはいなかったじゃねえか」

新式装備を備えフランス式教練を受けていた幕府洋式歩兵は、鳥羽伏見の戦いが起こったとき、江戸にあった。

「責任を感じなくてもいい。あれはおいらたちが無策だった」

土方歳三が大鳥圭介の肩を抱いた。

「ただただ、刀が届けば勝てると無駄に突っこんでは、勇猛な隊士を失った」

泣くような声で、土方歳三が後悔を口にした。

鳥羽で負けた幕軍は伏見奉行所まで撤退、ここで新選組は追撃してきた薩摩軍を迎撃しようとした。しかし、連発のきく新式歩兵銃の前に刀や槍《やり》を振りかざして駆け寄ろうとする新選組隊士はただの的でしかなく、壊滅してしまった。

「だがな、澤。おいらたちは命をかけて戦ったんだ。それを戦いもしていないおめえたちに非難される筋合いはねえ」

「我らが命をかけていないと……」

土方歳三の反論に澤太郎左衛門が、冷たい声を出した。

「房総沖の大嵐はもとより、艦底一枚下は地獄の海。その船の上で一年中生きている海軍を、舐《な》めるな」

澤太郎左衛門が言い返した。

「……うっ」

土方歳三は房総沖の苦難を知らないが、仙台で船の損耗は見ている。他にも津軽海峡をこえてからの冬海の荒れを体験してもいた。

「太郎左衛門、いい加減にせい」

榎本釜次郎が嘆息した。

「いかに幕府のなかでも隔意があるというのを伝えるためとはいえ、ちと手立てが悪い」

「……失礼した。土方どの」

説得された澤太郎左衛門が頭を下げた。

「いや、こっちも頭に血が上った」

土方歳三も謝罪を返した。

「わかっただろう。幕府だけでも割れるのだ。そこに仙台藩やその他の脱走兵がいるのだぞ。とてもまとまるはずはない」

「ああ」

榎本釜次郎の意見に土方歳三が賛同した。

「刻限は来年の春。それまでになんとかして後顧の憂いだけでも断っておきたい」

「松前藩を滅ぼすと」

続けた榎本釜次郎に土方歳三が驚いた。

「つい先日出した降伏の使者は、形だけだと」

「………」

確認した土方歳三に無言で榎本釜次郎が肯定を示した。

「表で手を差し伸べながら、裏では拳《こぶし》を握る。それくらいできずに、新政府や諸外国とやり合えねえな。わかった。明日にでも出る」

土方歳三が松前への出撃を認めた。

「ただ、榎本さんよ、途中で降伏の返答を持った使者と出会ったときはどうする」

「城を接収した後、藩士たちの武器を取りあげて、城下で隔離してくれ」

指示を仰いだ土方歳三に榎本釜次郎が答えた。

「抵抗したときは、遠慮しねえでいいんだな」

「言うまでもない」

冷たい笑いを浮かべた土方歳三に、榎本釜次郎が首肯《しゅこう》した。

「準備がある。おいらはこれで」

土方歳三が協議の場を去った。

「拙者はなにをすれば……」

「兵たちの再編と編制をお願いしたい。とくに歩兵隊の次に兵数の多い仙台の額兵隊《がくへいたい》を……」

「……わかった」

最後まで言わなかった榎本釜次郎に大鳥圭介が首を縦に振った。

「それでか、旧幕の連中しか呼ばなかったのは」

澤太郎左衛門があきれた。

「しかたなかろう。もう、判断が遅れてだめになるのはごめんだ」

榎本釜次郎が澤太郎左衛門を睨《にら》んだ。

「そうか」

澤太郎左衛門が流した。

かつて榎本釜次郎は徳川の行く末を見守るという大義名分のもと、幕府海軍を品川で待機させていた。徳川家の処分が駿河《するが》七十万石と決まってからも、あらたに当主となった徳川家達《いえさと》が駿府《すんぷ》へ旅立つまで見守ってしまったため、艦隊の出立《しゅったつ》が遅れ、榎本らが仙台に着いたときには、すでに奥羽越列藩同盟も崩壊しかけていた。

もとはこれ以上内戦を長引かせないために考えた勝海舟の策であった。これに気づいていながら澤太郎左衛門は、なにも言わなかったのだ。

「開陽丸はどうだ」

「応急の修理はもう終わる。が、根本は新たな舵を手に入れ、交換せねば直らぬ」

問われた澤太郎左衛門が首を左右に振った。

「どのくらい艦の動きは悪くなる」

「急な転舵《てんだ》には応じられないだろう。また、あるていど以上波が荒いところでは、舵が利かなくなる怖れがある」

さらに訊《き》いてきた榎本釜次郎に澤太郎左衛門が告げた。

「まずいな」

「なんとかして、新しい舵を手に入れて欲しい」

「和蘭陀《オランダ》と交渉するしかないが……そのためには我らを認めさせねばならぬ」

澤太郎左衛門の要望に、榎本釜次郎が困惑した。

新政府と徳川が戦い始めたとき、諸外国は局外中立を宣言し、どちらにも手を貸さなかった。

だが、徳川が降伏したことで、この局外中立は終わっている。そして、新政府から榎本たちは、謀叛人《むほんにん》として扱われており、諸外国の援助を受けられなくなっていた。

「……難しいが、なんとかやってみよう」

榎本釜次郎が、拳に力をこめた。

二

慶応四年十月二十七日、松前へ向けて五稜郭から彰義隊《しょうぎたい》と額兵隊の混成部隊を先頭に、幕府歩兵、工兵隊を含めた七百の軍勢が出発した。

「やってくるぜ」

一日遅れた二十八日、土方歳三が新選組隊士の生き残りを率いて、これを追った。

まだ箱館を制したばかりで、蝦夷の地理はまるでわかっていない。峠越えで松前に向かう方が近いとわかっていても遭難の可能性が高い。

土方歳三たちは海沿いの道を選ぶしかなかった。

「暗い海だな。未来《さき》のない我らにはふさわしいが」

津軽海峡の海よりも黒い海の色に土方歳三が呟《つぶや》いた。

「なにより冷える。京の冬も身に染みたが、蝦夷は骨の髄まで凍るようだ」

土方歳三が襟をきつく合わせて、寒気を少しでも防ごうとした。

「船を出してもらえばよかったのでは」

同行する額兵隊の星恂太郎《じゅんたろう》が尋ねた。雪で歩くのさえ難しい。そこに小型とはいえ野戦砲を二門引いている。行軍の困難を解消すべきではないかと星恂太郎が言った。

「ここで陸軍の力を見せなきゃ、いつまで経っても海軍の下だぞ」

土方歳三が首を横に振った。

「戦《いくさ》というのは、結局陸兵で敵地を押さえて初めて勝利になる。海軍だけで勝てる戦などない」

「陸軍が進出してようやく戦は終わると」

強い言葉で述べた土方歳三に星恂太郎が引いた。

そこへ先陣を行っていたはずの彰義隊士が伝令として戻ってきた。

「どうした」

土方歳三が馬を止めて報告を促した。

「降伏の使者、松前藩によって斬《き》られましてございまする」

「なんだとお。使者を斬るとは、松前に武士はいねえと見える。これで遠慮は要《い》らなくなったな」

悲報を受けた土方歳三がすごんだ。

「皆殺しだ。投降を受けいれるな」

怒りのままに土方歳三が、馬の腹を蹴った。

使者を斬った松前藩は、背水の陣になった。これでもう降伏はできなくなる。

「朝廷のために、賊を討つ」

松前藩重職の血筋でありながら、早くから勤王の思想に染まった下国東七郎《しもぐにとうしちろう》らが、意気を揚げた。

「地の利は我らにあり。打って出るぞ」

下国東七郎が、藩士たちを送り出した。

使者が殺されたとの報は、そのまま五稜郭にも届けられた。

「これで永井さまも黙るだろう。名分のためとはいえ、哀れなことだ」

榎本釜次郎が死んだ使者を悼んで目を閉じた。

「開陽丸は動けるな」

「動けるが、まだ舵を修理してからの航行はしていない。出せと言うならば従うが……」

気乗りのしない返事を澤太郎左衛門はした。

「蟠竜丸は行ける」

「回天丸も同じく」

松岡磐吉、甲賀源吾秀虎の両艦将が名乗りを上げた。

「うむ。では、松前へ進出、海から報復の一撃を加えてくれ」

榎本釜次郎が蟠竜丸と回天丸の出撃を認めた。

両艦は、陸沿いの海を進み、十一月一日、松前城に向けて艦砲射撃を加えたが、被害は与えられなかった。

当然、松前藩からの対抗砲撃もあったが、そもそも移動する船に、命中させるのは困難である。

「砲の数だけはあるようだが、古いな」

連発できる後装砲は、徳川家でもそれほどの数を持っていない。北方警備を幕府から命じられた松前藩とはいえ、城造りに莫大《ばくだい》な費用を要したこともあり、大砲は旧式のものしか持っていなかった。

「撃ちかた止《や》め」

「土方隊の攻撃に合わせる」

無駄弾を消費する余裕はない。また、万一の直撃を喰らっては貴重な海軍力を減じてしまう。

蟠竜丸、回天丸は、松前藩の大砲が届かない沖で停泊、土方歳三軍の援護をすべく、海からの圧力を加えることで松前藩兵を引きつけた。

冬の行軍に苦労しながらも進んだ土方歳三軍を、松前藩兵が十一月一日、知内《しりうち》で待ち受け、夜襲をかけてきた。

「夜襲はこっちの得手《えて》よ」

新選組は京で薩摩長州の志士たちを急襲しては、討ち取っていた。油断はない。村に火を放たれた多少の被害は出たが、松前藩兵を撃退した。

「ええい」

下国東七郎と組んで藩論を勤王に換える粛清を断行した鈴木織太郎《すずきおりたろう》が、藩兵の他、神官で構成された図功隊《ずこうたい》、僧侶《そうりよ》、医師が組んだ報恩隊《ほうおんたい》などを率いて松前を発《た》った。戦に向かない僧侶や医者まで動員したのは、蟠竜丸、回天丸から陸兵が上陸したときに備えて藩士を残さざるを得なかったからであった。

慣れない連中を率いた鈴木織太郎は、翌二日福島で土方歳三らと激突した。

「ここで食い止めるのじゃ」

「藩内で殺し合った経験しかない者など、敵ではないわ」

鈴木織太郎の命で突っこんだ松前藩兵たちは、新式鉄炮で武装した額兵隊の射撃に続いて、肉弾戦を挑んだ彰義隊、新選組らによって蹴散《けち》らされた。

「支えよ」

戦線を維持しようと前進した鈴木織太郎が斬りつけられて負傷、図功隊、報恩隊はそれを見て潰走《かいそう》し、たまらず松前藩の軍勢も逃げた。

「追うぞ」

勢いをかって土方歳三たちは進軍、四日、松前城を捉《とら》えた。

松前城は、異国からの脅威を受け始めた嘉永《かえい》二年（一八四九）に幕府から命じられて築城が開始され、安政元年（一八五四）に完成した。石垣の上に白漆喰《しろしっくい》屏《べい》を重ね、天守閣に擬した三重櫓《やぐら》や二重櫓などを備えた我が国最後の和式城郭であった。

幕府の要請でロシア船の侵攻に備えるべく建てられた松前城は、海に面しての守りが厚い代わりに、背後は開け放ちになっていた。

本来は背後にも防塁《ぼうるい》を構築するはずだったが、巨額の費用に耐えかねて、海から見た側を取り繕っただけで終わっていた。

「戦いにならぬ」

下国東七郎が唇を噛んだ。

松前藩は米が穫《と》れず、北前船《きたまえぶね》の交易と鮭《さけ》の漁獲で生きていたため、藩士の数が八百人ほどと少なかった。その少ない藩士が、佐幕、勤王で内紛を起こし、数を減じたところに、旧幕府軍との戦いである。

五稜郭を守るための峠下《とうげした》、七重《ななえ》、湯川《ゆのかわ》などでの敗北、そして本拠を防衛するために兵を出した知内、福島での損耗などで、残存している藩士の数は二百六十名ほどと大きく減っていた。

これでは籠城《ろうじょう》することもできない。城を守るには、守れるだけの兵数が要る。しかし、二百六十人ほどでは、背後ががら空きの松前城を維持できるはずはなかった。

また、籠城したとしても、松前の沖を旧幕府軍の軍艦が封じている以上、援軍が来るとは思えなかった。

「及部《およべ》川《がわ》まで進出、ここで賊を迎え撃つ」

下国東七郎は、九門の大砲とほぼ全兵力をもって出撃、土方歳三軍との決戦に臨んだ。

「放て、放て。砲が焼けてもかまわぬ。朝廷への忠節を見せつけろ」

土方歳三軍の姿が見えるなり、下国東七郎が、攻撃を開始した。

「わっ」

「くそっ、やられた」

当初川を挟んだ松前藩の攻撃に、被害を受けた土方歳三軍だったが、歴戦の経験がすぐに陣形を立て直させた。

「砲手を狙え」

額兵隊隊長星恂太郎が、隊士を指揮して反撃に出た。

装備でいえば、旧幕府洋式歩兵を上回る額兵隊である。主力としている小銃は、イギリス軍が正式採用したばかりのスナイドル銃であり、薬莢《やっきょう》を使用する最新式の後装銃であった。熟練の兵士ならば、火縄銃などの先込め式が二発撃つ間に十発以上発射できる。多少発射の衝撃が強いが、そのぶん有効射程も十丁（約一キロメートル）あり、川を挟んでも十分に届いた。

旧式の先込め式の大砲は、一発撃つごとに砲身を掃除し、新しい炸薬《さくやく》を入れた上に弾をこめる。

弾込め役は一発撃つごとに、砲の前へ回って作業しなければならず、額兵隊に背中を晒《さら》すことになる。

「砲手被弾」

「弾込めができませぬ」

松前藩が混乱した。

「渡河《とか》されまする」

「迎え撃て」

機を見て土方歳三が彰義隊、新選組を率いて、川をこえた。

「今ぞ」

「命が惜しけりゃ、手向かいするな」

鬼と言われた土方歳三の剣は、決して美しいものではないが一振りごとに一人を確実に屠《ほふ》る。

「だめだ」

鬼気迫る土方歳三らの勢いに、松前城の藩士たちが抵抗する気力を失った。

「城へ戻る。城に籠《こ》もって……」

下国東七郎も背を向けた。

「深追いはするな」

土方歳三がつられて追いかけようとした隊士たちを抑えた。

「まずは味方を渡河させ、続けて負傷者の手当てをしろ」

戦場で怪我《けが》をした仲間を見捨てることだけは、なにがあっても避けなければならなかった。敗戦でどうしようもないときは、誰もそのことを気にしないが、勝ち戦あるいは被害少なく撤退できたにもかかわらず、負傷兵を残したとあれば、軍の士気は崩壊し、自滅する。仲間が見捨てないと信じているからこそ、兵たちは戦えるのだ。

「負傷兵たちは後送しますか」

新選組の市村鉄之助《いちむらてつのすけ》が尋ねた。

「いや、松前に来ている海軍に頼む。負傷者に陸路はきついだろう」

土方歳三が、海を見た。

「それは喜びましょう」

市村鉄之助が、土方歳三の対応を賞賛した。

敵には鬼のように厳しいが、土方歳三は味方には優しい。とくに果敢に戦って傷を負った者や、孤軍奮闘している者は、大切にした。

「土方どの、捕虜から訊き出しましてござる」

降伏した松前藩兵を取り調べていた星恂太郎が、土方歳三のもとへ来た。

「ご苦労だ。なにかわかったか」

「松前藩には、もう二百ほどしか兵はおらぬそうじゃ」

「二百か、我らの四分の一。勝ったな」

星恂太郎の報告に土方歳三が呟いた。

「よし、休息を終えたら、このまま松前へ移動する」

土方歳三が告げた。

箱館湾では、開陽丸の舵が試験されていた。

「無理があるな」

「うむ」

榎本釜次郎の感想に、澤太郎左衛門が同意した。

「利きが悪い。少しだが反応が遅れる」

澤太郎左衛門が苦い顔をした。

「戦えるか」

不安そうに榎本釜次郎が問うた。

そもそも榎本釜次郎の考える蝦夷の国造りに津軽海峡を利用した新政府との隔離は必須であった。津軽海峡を武力で制圧できれば、新政府軍と戦わずにすみ、国力を蓄えられる。

なにせ、蝦夷と新政府の国力の差は数十倍にも及ぶ。まともに組み合っては、とても勝負にならない。

いずれ最新艦の開陽丸も、旧式になるときが来る。それまでに新式軍艦を諸外国から買い取れるだけの財力を榎本釜次郎たちは用意しなければならなかった。

「痛い出費になるが、新しい舵を注文するか」

榎本釜次郎が澤太郎左衛門に問うた。

「そうしてくれればありがたいが、和蘭陀《オランダ》まで行かねばならぬぞ。少なくとも一年はかかる」

かつてオランダで製造された開陽丸を日本まで曳航《えいこう》するのに、五カ月近くかかった。榎本釜次郎や澤太郎左衛門の習熟訓練も兼ねていたので、そのぶんを差し引いても片道四カ月は要る。往復すれば八カ月、そこに舵の製造の日数が加われば、一年近い期間になる。

「金はどうにかなるが……」

榎本釜次郎は大坂から脱出するとき、大坂城の金蔵に残されていた十八万両の金を持ち帰っている。そして、その金は今回の蝦夷行きでも運ばれていた。

「……一年は待てぬな」

小さく榎本釜次郎が首を横に振った。

「なあ、太郎左衛門」

「なんだ釜次郎」

呼びかけに澤太郎左衛門が応じた。

「何年保《も》つと思う」

「本音を聞きたいのだな」

「ああ」

念を押した澤太郎左衛門に榎本釜次郎が首を縦に振った。

「来年の春まで保てばいいほうだろう。海が落ち着けば、大軍が津軽海峡を渡ってくる」

「春か……一年は保たぬと」

「保つまい。新政府が本気になれば、万の軍勢を送りこめるのだぞ。蝦夷地はあまりにも広い。いかに開陽丸、蟠竜丸、回天丸などが優秀でも、全域はかばいきれぬ」

「……やはりな」

澤太郎左衛門の考察に榎本釜次郎が肩を落とした。

「新政府が足下を固めるのを優先し、しばし見逃してくれるということは……」

「絶対にないな。国としてもそれは認められまい。認めれば、いや見逃すだけでも諸外国から侮《あなど》られる。出来たばかりの新政府だけに、それだけは避けたいはずだ」

「そうだな」

榎本釜次郎がため息を吐《つ》いた。

「吾《われ》ながら、己の愚かさに目を覆いたくなるわ」

「…………」

「否定も慰めもしてくれぬのだな」

「事実なのだからしかたあるまい。おぬしも拙者も未練を断ち切れなかったのだ。いや、今、蝦夷に来ている者はすべてがそうだ」

すねた榎本釜次郎に、澤太郎左衛門が苦笑を浮かべた。

「おぬしは徳川家に、拙者は開陽丸に、土方は武士というものに、星は伊達《だて》の武名に……皆、古きものを捨てられなかった」

「おぬしの未練は、新政府に残っても果たせただろう。開陽丸ごと新政府に恭順すれば、艦将の地位は失ったとしても、開陽丸には乗り続けられたはず」

澤太郎左衛門の発言に榎本釜次郎が疑問を口にした。

「まともに船も操れない新政府の連中に、開陽丸を預ける。そんなことはできぬ。開陽丸は、ふさわしい乗組員がいてこそ、最大の性能を発揮できる。新政府海軍なんぞに乗りこまれた開陽丸など、屋形船より劣る。沈めたほうがましじゃ」

「…………」

澤太郎左衛門の勢いに、榎本釜次郎が黙った。

「すまん。気が昂《たか》ぶった」

その様子に澤太郎左衛門が我に返った。

「ようは、もう我らは過去の遺物だということよ」

「新時代には居場所がない……」

榎本釜次郎がため息を吐いた。

「蝦夷は新天地たり得ぬか」

「我らにとってはな。蝦夷は広い。それを切り拓《ひら》き、国の形を整えるには、大勢の人が要る。たかが二千や三千では箱館を維持するだけでも難しい」

「新政府に不満を持つ者どもを集めても……」

「どうやってここへ連れてくる」

「それは……」

澤太郎左衛門に訊かれた榎本釜次郎が詰まった。

「無理……か」

榎本釜次郎が瞑目《めいもく》した。

「ここまで来られただけでもよしとすべきか」

「ああ。あとは全力で責務を、己の役目を果たすだけ」

「付いてきてくれた者たちのためにな」

澤太郎左衛門に言われて、榎本釜次郎がうなずいた。

三

十一月五日、松前城を目前とする馬形《まがど》台地の法華寺を接収、ここから野戦砲二門を使って攻撃を開始した。万全の準備を整えた土方歳三軍は、松前城の攻略に着手した。

「撃ちこめっ」

あわせて蟠竜丸と回天丸が艦砲を撃ちかけた。

船は波で揺れるため、なかなか狙ったところには当たらないが、目標は城で動くことはない。多少ずれてもどこかには当たる。

いきなり陸から攻めこまなかったのは、前日、城下は土方歳三軍の休息所あるいは、身を隠す場所になり得るとの怖れを持った松前藩士によって放火され、城からの見通しがよすぎて、近づくことさえ難しくなっていたからである。

「うわっ」

「ひええ」

陸路を来たならば、砲弾や銃弾を見舞ってやろうとしていた松前藩士が、落ちてくる砲弾に頭を抱え、首をすくめた。それが続けば、誰もが建物のなかへ避難する。

「撃ち返せ」

福山城とも呼ばれる松前城は、海から襲来するであろうロシアの軍艦に対するために縄張りされていた。砲台も十六あり、三十三門の大砲を擁していた。

だが射程が違い、蟠竜丸、回天丸の砲弾は届くが、砲台からの弾ははるか手前で海に波を立てるだけであった。

「下がれっ」

なかなかあたらない艦砲射撃とはいえ、一方的にやられてはたまらない。

松前藩兵は砲台を放棄、籠城へと方針を転換した。

「最大射角。城へ撃ちこめ」

二艦の砲が目標を変えた。

松前城は港を見下ろす高台に建ち、天守閣代わりの三重櫓を持つ。五稜郭とは違う戦国後期の城造りの流れを汲むその威容が、かえって目標となった。

砲弾は必中とはいえないが、それでも城へ痛撃を与えた。

やがて城からの反撃がまばらになった。

「止めてもらえ」

味方が艦砲射撃をおこなっている間は、突っこめない。

土方歳三が伝令に命じ、伝令が手旗を左右に大きく振った。

「よし、終わったな。行くぞ、彰義隊、新選組突っこめ、額兵隊、洋式歩兵は射撃だ。顔を出させるな」

艦砲射撃が終了したのを確認した土方歳三が、先頭を切った。

「相変わらず……土方さんは」

新選組隊士があきれながら、続いた。

「敵が近づいて参りまする」

下国東七郎に見張りの藩士が駆け寄ってきた。

「手はず通りにいたせ」

「はっ」

指図を受けた松前藩兵が担当する城門へと走った。

「門を少し開け、砲口を出せ。放て。砲を引っこめろ、門を閉じよ」

松前藩兵は敵軍の正面となる搦手門《からめて》へと向かってくる敵を相手にした。

「門を開け……」

撃ち終わるなり砲を下がらせ、門を閉じる。砲の準備が整えば、門を少しだけ開けて、砲を撃つを繰り返した。

「くそっ」

狙いも付けずに撃つとはいえ、大砲である。命中しなくとも、近くに落ちただけでも、破片で兵がやられる。

土方歳三が舌打ちをした。

「どうすれば……」

各部隊の指揮官が土方歳三のもとへ対策を求めに来た。

「懐かしいやり方よ」

土方歳三が不安そうな連中の気を静めるために、笑って見せた。

「懐かしい……」

市村鉄之助が首をかしげた。

「伏見での戦いを思い出せ。薩摩の連中、我らが怖いと物陰に隠れては鉄炮を撃っていただろう」

「ああ」

土方歳三に言われた市村鉄之助が理解した。

「だったら、どうすればいいかわかるだろう」

「砲が引っこんで次を撃つまでの間に、門へ取りつけばいい」

問うような土方歳三に、市村鉄之助が首肯した。

「距離があり、一度では門まで参れませぬ」

己で口にしながら、策の根本的な問題に市村鉄之助が気づいた。

「門が閉まっている間に、銃兵を正面に展開させろ。そして門が開いたら、ありったけの弾を隙間《すきま》に向けて喰らわせてやれ」

土方歳三が策を告げた。松前城の搦手門は少し高台にあるため駆けあがらなければならないが、その代わり門下に近づけば下に向けられない大砲は脅威でなくなる。

「当たらなくてもいい。門を開けたら弾が飛んでくる。そう思わせるだけでいい」

「門が開けられなくなる」

「そうよ」

市村鉄之助の確認に土方歳三が首を上下させた。

「城を捨てる。館《たて》へ引け」

門を開けて砲を撃ち、すぐに閉じるという作戦は、あっさりと潰《つい》えた。開けた瞬間に盛大な射撃を受けた砲兵が怯《おび》え、門を閉じてしまった。

抗戦の手段を失った下国東七郎は、松前城を放棄、内陸檜山《ひやま》郡に築いたばかりの館《たて》城《じょう》へと逃げた。

「旗を揚げろ」

土方歳三が櫓の上に日輪旗を揚げ、勝利を宣言した。

ただちに勝利の報は五稜郭へともたらされた。

「次はおぬしの番じゃ」

「わかっておる」

澤太郎左衛門に促された榎本釜次郎が、イギリス領事館へと出向いた。

すでに五日前の十一月四日、イギリス領事ユースデン、フランス代弁領事デュースから、旧幕府軍の代表者と会いたいとの申し出が来ていた。あいにく、榎本釜次郎が留守にしていたため、延びていたのだ。

会談の場には二人の領事の他、イギリス軍艦サテライトの艦長ホワイト、フランス軍艦ヴェニュスの艦長ロワが立ち会った。

「イギリス国民とフランス国民、その他の国民を含めて、その生命、財産を保証されたし」

ユースデンらの要求は当然のものであった。

「承知している。我らは賊ではなく、開拓の者である」

榎本釜次郎が建前を口にした。

「新政府が、旧幕府の者たちにそれを許すとは思えぬ」

「それについては、貴国からも新政府へ我らに朝廷へ逆らう意思なく、困惑、窮迫《きゅうはく》せしめられる旧幕臣の生活を立てるため、蝦夷地に移り住んだだけだとお伝えいただきたい」

「無意味だと思うが……」

榎本釜次郎の要求にユースデンが首を横に振った。

「なにとぞとまでは申しませぬ。ただ、ただ貴殿らのご厚意をお願いしたいと思っております る」

長年の留学で、榎本釜次郎は、オランダ語並びに英語、フランス語での会話ができる。

通詞《つうじ》を介さずにおこなわれた会談は、ユースデン、デュースたちの好感を得た。

「新政府の土地を奪うつもりはないと」

「ございませぬ」

ユースデンの確認に榎本釜次郎がうなずいた。

「では、ここにイギリス、フランスは、下記のことを宣言する」

「承る《うけたまわ》」

姿勢を正した榎本釜次郎に、ユースデンが代表して告げた。

「一つ、イギリス、フランスは一切の干渉をしない。二つ、貴殿らを交戦団体とは認定しない。三つ、事実上の独立団体として扱う」

ユースデンが述べた。

「たしかに承った。齟齬《そご》があってはならぬゆえ、覚え書きをいただきたい」

「明日にでも届けよう」

榎本釜次郎の要求をユースデンが認めた。榎本釜次郎への好感が、ごまかしのできる口頭だけですまさず、証拠となる文章を与えることになった。

「では」

イギリス領事館を出た榎本釜次郎はそのまま五稜郭へ帰るのではなく、アメリカ領事館、ロシア領事館、プロシア領事館をはしごし、イギリスとフランスが箱館を占領した旧幕府軍を実質的な国家として認めたと言って回った。

「事実上の独立団体として認める」

自国民保護の責任を負わせるためには、相手を同格として扱わなければならなかった。当たり前である。賊や行政機能を持たない者に保護ができるはずはない。

ユーステンは便宜上《べんぎじょう》そうしただけだったが、それを榎本釜次郎はわかっていて、認定されたと曲解したのだ。

「イギリス、フランスが認めたならば……」

アメリカ、ロシア、プロシアも同意した。

「不干渉と国家扱い」

これで諸外国が新政府の依頼を受けて、旧幕府軍を攻撃することはなくなった。そうするには、一度中立を破棄して、新政府側に付くと宣言しなければならなくなるため、すくなくとも不意討ちを喰らわずにすむ。

「蝦夷の寿命が延びた」

榎本釜次郎が功績を立てた。

居城を失っても松前藩は降伏しなかった。

松前藩は拠点を館《たて》に移し、旧幕府軍への抵抗を続けた。

館城《たてじょう》は慶応四年、改元を受けて新政府側が明治《めいじ》と名付けた元年八月、藩論を勤王に統一した松前藩が、海沿いの松前城では旧幕府海軍の艦砲射撃に耐えきれないとして、明治新政府に陳情、その許可を受けて、築城した。わずか二カ月で完成したとは思えない空堀、土塁《どるい》、柵《さく》で守り、表御殿、兵糧庫、武器庫などを備えた立派な城であった。

「館を落とせば、松前藩は終わる」

十一月十日、五稜郭から松岡四郎次郎《まつおかしろうじろう》の率いる百二十名の兵が館へと向かった。途中で館からの進軍を警戒していた小隊を吸収、二百人となる。

「松前藩が江差《えさし》へ兵を出したらしい」

地元の猟師から松前藩の動向を知った旧幕府軍は、松前城で待機していた土方歳三軍に出撃を命じた。

「松前から江差は、十三曲がりと言われるほど険しい道だそうだ」

土方歳三軍の動きが遅れる怖れを持った榎本釜次郎は、開陽丸を出すと決めた。

「江差と館を手にすれば、蝦夷地は支配したことになる。それを見届け、もう一度英吉利たちと交渉する」

榎本釜次郎が自ら行くと主張した。すでに七日、松前を落とした旧幕府軍は、松前藩が城下に火を付け、民を苦しめている。このような輩に蝦夷地を任せるわけにはいかないので、我らに蝦夷を預けて欲しいといった趣旨の新政府宛の嘆願書を、蟠竜丸に持たせて陸奥《むつ》津軽の港へ届けさせている。榎本釜次郎はそれにイギリスらの力添えをなんとか足して、新政府軍を抑えたいとの考えを口にした。

「立場をわきまえてくれ」

澤太郎左衛門が止めた。

イギリス、フランスとの交渉を成功させたことで、榎本釜次郎の地位は万全なものとなっている。永井尚志でさえ、榎本釜次郎に譲るのだ。旧幕府軍において、誰もが永井尚志ではなく、榎本釜次郎を代表だと思っていた。

「釜次郎になにかあれば、三千人が困る」

路頭に迷うとまでは言わなかったが、そうなるのは確実であった。

「蝦夷が割れるぞ」

澤太郎左衛門が指摘した。

「………」

榎本釜次郎が沈黙した。

もともとが寄せ集め所帯なのだ。旧幕府だけでも陸軍、彰義隊、海軍と大きく分けて三つある。さらに仙台の額兵隊、諸藩の佐幕派残党、新選組を中心とする浪士もいる。

それらをまとめられているのは、誰もが榎本釜次郎に一目も二目も置いているからである。言い方を変えれば、榎本釜次郎は蓋《ふた》、それもいつ噴火するかわからない火山の蓋で、なくなればたちまち不満が爆発する。

「吾《われ》と違って、釜次郎の代わりはおらぬ」

「太郎左衛門の代わりもおらぬわ」

二人が同じ主張をした。

「いいや、違う。吾の代わりならば甲賀源吾も松岡磐吉もいる」

「開陽丸のことを知り尽くしているのは、おぬしだ。源吾も磐吉も海軍では、おぬしに遠く及ばん。いや、人が足りぬ我らだ。誰の代わりもおらぬ」

今更旧幕府軍に加わろうという者などいない。

わかっているのだ、誰もが。旧幕府軍がどのような形を取ろうとも、どのような策をなそうとも、どれほど新式の兵器を持ち、東洋最強の開陽丸があろうとも、その気になれば十万の兵、数十隻の軍艦を出せる新政府に勝てないとわかっている。

わかっていながら、皆、残っていた。

もちろん、逃げ出していく者もいる。

だが、ほとんどの者は、毎日、指示に従って命がけの戦に出ていく。

戦に完勝はなかった。勝ち戦が続いているが、そのたびに討ち死にする者、怪我を負う者は出ている。

つまり、旧幕府軍は減り続けていた。

「己の価値を低く見積もるつもりはないが……今、開陽丸に乗らなければ、二度と船で戦うことはあるまい」

榎本釜次郎がさみしそうな顔をした。

責任者というのは、前線で命をかけるのが仕事ではなかった。万全な状態で戦に行かせられるよう、勝とうが負けようが、安心して戻ってこられるように本拠地を整える。

旧幕府軍の場合は、箱館を本拠に選んだ。というか、それしか選択肢はなかった。蝦夷地で三千人の兵士を駐留させるだけの町は他にない。

いかに蝦夷地を我がものと言ったところで、家を建て、山林を切り拓き、村へと発展させていくのは一年や二年でできるものではなく、それをなすまで、箱館を守り、安定させ、さらに発展させるのが、榎本釜次郎の仕事になった。

その役目は戦場よりもはるかに困難なものになる。

箱館に住んでいた者たちにとって、旧幕府軍は新政府軍を戦いで追い落としたならず者でしかないため、反発がある。表立って抵抗して、暴力を振るわれてはたまらないので、上辺《うわべ》はおとなしくしているが、言われたことをしない、してもわざと遅くするなどの嫌がらせはある。そんな住民を慰撫《いぶ》し、脅し、旧幕府軍に協力させる。箱館に領事館を置いている諸外国との応対も面倒である。日本人を野蛮ですぐに刀を振り回すと下に見ている諸外国の連中と対等な交渉をおこない、旧幕府軍の不利にならないようにする。

そこに混成部隊の連中、同床異夢の敗残兵をとりまとめるという仕事が加わる。

これらをこなせる者は、榎本釜次郎以外にいなかった。

敗残兵をまとめるだけならば、薩摩、長州の志士を震えあがらせた武で知られる土方歳三にも務まる。諸外国との折衝だけならば、勘定奉行、外国奉行などを経験した永井尚志でもできる。箱館に住んでいる者の慰撫だけならば、老中の経験がある板倉《いたくら》勝静《かつきよ》、小笠原長行《おがさわらながみち》らでも務まる。

なれど、その三つすべてをとなると、榎本釜次郎しかいなかった。

貧しい御家人の出で庶民の生活を知り、オランダへ留学したことで得た語学力と国際感覚を持ち、一度だけとはいえ薩摩海軍と戦って勝利している。

誰もが榎本釜次郎ならば、納得する。

「だめだ」

　榎本釜次郎の頼みを澤太郎左衛門が拒んだ。

「一年保《も》たぬ北の大地での夢だが、それを見させてくれるのは、おぬしだ」

「……………」

　澤太郎左衛門の言いぶんに、榎本釜次郎が言葉を失った。

「……夢だからだ」

　少しの沈黙を経て、榎本釜次郎が口を開いた。

「我らの夢は、この蝦夷地を新政府に満足できぬ者、受けいれてもらえぬ者の安住の地とすることだ」

「ああ」

　榎本釜次郎の言葉に、澤太郎左衛門がうなずいた。

「そのためには、蝦夷地の大きさを知らねばならぬ。だが、今から蝦夷地を探索して回るわけにはいかない。吾《われ》が出ることはできないし、誰かに任せるわけにもいかぬ。御上《おかみ》の命だった間宮林蔵《まみやりんぞう》の探索とは違う。どこに農地となる場所があり、どこに人が住めるか。何年かかるかわからないのだ。新政府との戦いまでに終わるまい」

「……………」

　無言で澤太郎左衛門が同意を示した。

「夢を語る。いや、夢を騙《かた》るだな。一年弱の間、三千人に未来があると思わせなければならぬ。明日はない。蝦夷地での稔《みの》りを手にすることはできないとわかっていても、信じたいと思っている。そんな皆を騙《だま》すんだ。真実を鏤《ちりば》めねばなるまい。蝦夷の大地は果てなく広い。その無限の大地に立っている。それだけでも夢になるはずだ。その夢を語るには、その大きさを吾が知っていなければならぬ」

「………」

澤太郎左衛門が目で先を促した。

「江差は箱館とは岬を回って反対側になる。松前藩が江差に向かうのは、援軍を待つにしろ、藩主の脱出を考えるにしろ、船が停泊できるだけの港を死守するためだ。もちろん、それより北に船を着けられるところはあるだろうが、館城との距離がありすぎる。江差を失えば、松前藩は陸に封じられたも同然。武器、弾薬、兵糧の補給が途絶える。厳しい冬を前に食いものがなくなるのは恐怖のはずだ。江差が落ちれば、松前藩は蝦夷から逃げ出すしかなくなる。さすれば蝦夷地は我らのものになる。まさに江差こそ要《かなめ》。おそらく、我らが最後に勝利を得られる場所になる」

「夢の果てか」

榎本釜次郎の言う意味を澤太郎左衛門が読んだ。

「届かぬ限界だ」

江差を落とし、松前藩を駆逐したところで、それ以上手を伸ばすには、人もときも足りない。

「届かないとわかっていても、松前藩が抗《あらが》う限り落とさなければならぬ。松前藩が蝦夷地にある限り、我らの夢は始められぬ」

「夢の始まりを見にいくと」

「そうだ」

「わかった。我らはおぬしに夢を託したのだ。その夢のためならば認めよう。ただし、これが最後だぞ」

「不便なものだ。船乗りが船に乗れぬなど」

釘《くぎ》を刺された榎本釜次郎がため息を吐《つ》いた。

四

歩くことさえ困難な道を進む陸軍と違い、海軍は雨風がなければ快適で速い。

十一月十四日、早朝に箱館を出た開陽丸は、松前に立ち寄って一度停泊し、夕刻、江差に到着した。

幸い、この航海において、海は荒れず、開陽丸は応急処置の舵の影響もなく、快速であった。

「思ったよりも繁栄している」

江差は干潮になると陸地と繋がってもおかしくないほど近いところに、弁天島《べんてんじま》と呼ばれる小さな島を持つ良港である。島陰に入れば、冬の強い風にも耐えることができるし、あたたかくなれば海の上を歩けるほどに魚が集まる。さすがに艦隊を停泊させるだけの余裕はないが、蝦夷地をさらに北へ進み、樺太《からふと》から知床《しれとこ》のほうへ向かおうと考えている船にとっては、絶好の船休めであった。

そのため、江差は海近くから、山へ至るわずかな平地、多少の坂に家が建ち並んでいた。箱館ほどではないが、相当な数の人が住んでいるとわかる。

「人というのはすごいな。これほど酷寒の地でも営みを続けている」

「陣地ができているぞ」

感心して町並みを見ている榎本釜次郎に、澤太郎左衛門が指摘した。

江差に松前藩の防衛施設はなかった。松前藩としては、城下町である松前は守らなければならないが、江差まで手は回らない。もともと裕福どころか、貧しい藩政を無理矢理に動かしてきた松前藩には、江差に砦《とりで》を作るだけの余裕はなかった。

「民家を潰してそれを防塁《ほうるい》代わりにしているのか。冬に家を奪われるのは辛いだろうに」

榎本釜次郎が不機嫌になった。

「松前藩兵だけでは足らぬのだろうな。ほれ」

澤太郎左衛門が見ていた遠眼鏡《とおめがね》を榎本釜次郎に渡した。

「……あれは、漁民か」

赤銅色《しゃくどういろ》の肌をした男たちが、銛《もり》や棒の先に包丁をくくりつけたものを手にして、防塁の向こうに見え隠れしていた。

「神官や僧侶まで駆り出したのだろう。漁民を徴集するのは当然だ」

松前藩攻略の戦いについては、詳細が榎本釜次郎のもとまで届けられる。それを澤太郎左衛門も読んでいた。

「どうする。あのままだと土方さんが苦労するぞ」

海沿いを江差に向かっている土方歳三軍は、かなりの悪路を苦労していた。江差まではあとわずかだろうが、疲れ果てての到着になってしまう。そこを待ち受けられては、不利な状況になるのはわかっていた。

「………」

「徴集されたとはいえ、武器を持って抵抗する気なのだ。江差の民に情けをかけるなとは言わぬが、それは味方の損失に繋がるぞ」

沈黙した榎本釜次郎に澤太郎左衛門が忠告した。

「味方のため……」

榎本釜次郎が澤太郎左衛門にも聞こえるように呟いた。

「情けをかけるのは、戦に勝ってからだ」

澤太郎左衛門が榎本釜次郎に決断を求めた。

「砲撃戦用意」

榎本釜次郎が絞り出すように号令を発した。

「右舷《うげん》全砲門準備」

澤太郎左衛門が復唱した。

開陽丸は最新型艦ではあるが、砲身は砲窓から突き出さないと使えない構造になっている。クルップ砲は後装式で連発がきくが、取り回しができず、左右両舷を同時に使って陸へ一斉射撃というわけにはいかなかった。

「取り舵」

砲撃命令を出すのは榎本釜次郎の役目であり、それまでの操船は澤太郎左衛門の責任であった。

「砲撃戦準備よし」

砲手長から報告があがってきた。

「機関停止、帆を下ろせ」

命中精度を高めるには、不意に船が動くのはまずい。波風の影響を完全に排除することはできないが、それ以外の要因は避けるのが当然であった。

「準備よし」

澤太郎左衛門が砲撃の態勢が整ったことを、榎本釜次郎に告げた。

「斉射ののち、二撃目は待機」

榎本釜次郎が命を発した。

斉射といったところで、砲撃手の技量には差がある。砲撃音はわずかなずれを生みながら、江差の海を渡った。

「命中確認」

動けない防塁に当てるのは、そう難しいことではない。防塁が吹き飛び、人が散っていくのを澤太郎左衛門は見た。

「どうだ」

射撃観測をしている甲板士官に、榎本釜次郎が問うた。

「江差の町中に数発、落ちました」

「人はどうだ、動いているか」

「……人影は見えませぬ」

榎本釜次郎の問いかけに甲板士官が首を横に振った。

「さすがにかかわりのない民は避難させていたか」

罪なき民を巻きこむのは避けたいと考えていた榎本釜次郎が安堵《あんど》した。

「いつまで、その余裕が保てるか」

その様子に澤太郎左衛門が嘆息した。

「撃ち返してきます」

甲板士官が警報を発した。

防塁の向こうは、砲台であった。

「届かぬ。慌てるな」

先込め式の大砲では、開陽丸まで及ばない。澤太郎左衛門が慌てる甲板員たちを叱《しっ》咤《た》した。

「二射、撃て」

皆が落ち着いたところで、榎本釜次郎が追撃を加えた。

「松前藩兵らしき者が、北へと逃げていきます」

遠眼鏡で見ていた甲板士官が報告した。

「少ない……」

まばらな人影に、甲板士官が驚いた。

「館は山の向こうになるはずだな」

「そう聞いている」

榎本釜次郎の確認に、澤太郎左衛門がうなずいた。

「その館ではなく、北のほうへ、海沿いに逃げ出すとは……」

「どうする、船員たちを上げるか」

澤太郎左衛門が、江差の占領をするかと尋ねた。

「いや、陸のことは陸に任せよう。敵が戻ってくるようならば、もう一度砲を喰らわせてやればいい」

榎本釜次郎が首を横に振った。

「乗組員たちは、交代で上陸させよう。ただし、松前藩の防塁、砲台などは見張るに止《と》めておこう」

　苦労して松前から江差まで来てみれば、海軍によって占領された後となれば、土方歳三もいい気はしない。そうでなくとも海軍は苦労していないと陸軍から思われているのだ。わずかなことだが、それは不和のもとになりかねない。榎本釜次郎が土方歳三を気遣った。

「一応、斥候《せっこう》は出してくれ」

「わかった。では、船は停泊の準備に入る」

　江差の空は晴れている。初めての地で一夜を過ごすのも悪くないと、澤太郎左衛門が錨《いかり》を下ろせと指示を出した。

「すでに松前藩の者はおりませぬ。一時かなりの藩兵がいたそうでございますが、昨日に熊石《くまいし》へ向けて移動したとか」

　残っていた江差の住民から話を聞いて、斥候が帰還した。

「熊石か。そちらへ向かうにしても、陸軍と合流してからのほうがよいな」

　榎本釜次郎がここで土方歳三と松岡磐吉を待つと言った。

　冬の江差としては珍しい穏やかな海が翌十五日も続いた。

「人がおらぬの」

江差の町は北前船の寄港地として賑《にぎ》わっている。横山《よこやま》家や関川《せきかわ》家などの豪商もあり、その財力は、江戸の商家に勝るとも劣らない。

「あいにく、主どもは留守をしておりまして」

榎本釜次郎と澤太郎左衛門は両家を訪れたが、どちらも留守番の者しかおらず、なにを訊いても要領を得なかった。旧幕府軍の乱暴を怖れて、責任者たちは逃げ出していたのだ。

「我らは決して賊ではない。徳川家に忠義を尽くした者たちが、蝦夷をあらたな楽土とするために来ただけである」

榎本釜次郎たちは、なんの協力も得られなかった。

「よほど、松前の連中が脅したらしいな。我らは悪鬼羅刹《あっきらせつ》のごとく怖れられている」

澤太郎左衛門が苦笑した。

姿は見かけるのだが、江差の住人はこちらに気づくと、そそくさと逃げ出してしまう。

「しかたあるまい。今のところ、町に大砲を撃ちこんだ大悪人でしかない」

榎本釜次郎も首を横に振った。

「待たせたか」

昼過ぎ、土方歳三率いる軍勢が江差に着いた。

「すまぬが、兵たちを休ませてくれ。途中で松前藩と戦った」

土方歳三が面倒は明日にしたいと要求した。

「砲台の占領だけ頼む」

榎本釜次郎が、土方歳三の願いを認めた。


日が暮れて一刻（約二時間）ほどした五つ（午後八時ごろ）過ぎ、急に西北の風が強くなり、高波が開陽丸へと押し寄せてきた。

「なにごとだ」

すでに船室へ降りていた澤太郎左衛門があわてて甲板へと上がった。

「風が不意に」

当直の甲板士官が、雪まじりの風にあおられながら報告した。

「機関を起こせ。湾を脱する」

急ぎ澤太郎左衛門が対応を指示し始めた。

「錨はまだ上げるな。機関が動いてからだ。急ぐと流されるぞ」

澤太郎左衛門の声さえも、かき消されるほど風は強くなっていった。

「機関、まだか」

蒸気機関は圧力が上昇しないと使えない。澤太郎左衛門が怒鳴るようにして訊いた。

「まだ暖まっておりません」

機関長中島三郎助《なかじまさぶろうすけ》が泣くような声で応答した。

冬の蝦夷地では、蒸気の罐《かま》も火を落とせばあっという間に冷える。そのため、石炭をくべてもなかなか温度が上がらなかった。

「……うわっ」

不意に開陽丸が浮いた。

「錨が切れた……」

風によってあおられた開陽丸が浮きあがったことで、錨の綱が耐えきれなくなったのだ。

「まずい、舵を切れ」

澤太郎左衛門が顔色を変えた。

開陽丸は海風を警戒して、弁天島の島陰に停泊していた。松前藩兵がいないとわかったため、少しでも浜に近いところで停泊したほうが、明日の合流にも便利だろうと考えたからだ。

それが仇《あだ》になった。風は陸から海へと斜めに吹き、開陽丸を弁天島へ押し流そうとした。

「舵を切れ、舵を」

「……舵が利きませぬ」

何度も叫ぶ澤太郎左衛門に、当直の操舵手《そうだしゅ》が泣きそうな顔で答えた。

「貸せっ」

澤太郎左衛門が操舵を奪うが、誰がやっても結果は変わらない。

「……これは」

力に抵抗していた舵輪が軽くなった。応急修理しかできなかった舵では荒れ狂う波に抗えず折れてしまったのだ。

「舵が……やられたか」

澤太郎左衛門が脱力した。

「機関は力を出せず、錨はなく、舵もやられた。万事休すだ……」

ため息を吐《つ》いた澤太郎左衛門が、衝撃で甲板に投げ出された。

不吉な音が船底から聞こえ、流れていた開陽丸が止まった。

「座礁《ざしょう》したな」

あわてて立ちあがった澤太郎左衛門が、船縁《ふなべり》から覗《のぞ》きこんだ。しかし、暗夜の海で

はなにも見えなかった。

「船内浸水」

船底で寝ていた甲板員たちが、真っ青な顔で上がってきた。

「澤さん……」

機関長の中島三郎助が表情をこわばらせながら、澤太郎左衛門の近くに来た。

「機関、動くか」

「なんとか」

「微速前進」

冷静に戻った澤太郎左衛門が機関長中島三郎助へ指示を出した。

「だめです。スクリューが空回りして」

座礁して傾いたことで、開陽丸のスクリューが海中から出てしまっていた。

「なにかいい手はあるか、三郎助」

澤太郎左衛門が問うた。

「博打《ばくち》になりまするが……」

「かまわぬ。開陽丸が出られるならば、どのような手段でも。責任は吾《われ》が取る」

口ごもった中島三郎助に、澤太郎左衛門が許可を出した。

「全砲門発射用意」

「なにをする気だ」

中島三郎助の号令に澤太郎左衛門が驚愕《きょうがく》した。

「砲発射の反動で、船を揺らす。うまくいけば、離礁できましょう」

「……なにを」

あまりに無謀なやり方に、澤太郎左衛門が絶句した。

「より船に負担がかかることはないのか」

「開陽丸は頑丈でござる。一斉射くらいでどうこうなることはありますまい」

「両舷、甲板上、すべての砲を同時に撃ったことはないぞ」

海戦はすれ違いざまに撃ち合うのが普通で、まれに追撃で後ろから浴びせることがあるくらいであり、全砲門を使うなどまずなかった。

「開陽丸を信じましょう」

「……そうだな。開陽丸は強い」

澤太郎左衛門が見つめてくる中島三郎助にうなずいた。

夜のしじまをすさまじい砲声が切り裂き、開陽丸が発射の衝撃で大きく揺れたが、離礁はかなわなかった。

「だめか」

残念だと言いながらも、澤太郎左衛門は開陽丸が同時発射の反動にも耐えたことに安堵の息を吐いた。

「今できることは、すべてやった。これ以上は、暗すぎて、どのていど岩が食いこんでいるかわからねば、対応のしようがない」

現状では手の施しようがないと、澤太郎左衛門が首を左右に振った。

「とりあえず、全員を下ろせ」

榎本釜次郎が退避を決めた。

翌朝も吹雪は続いていた。

「むう」

明るくなったとはいえ、浜からでは遠い。澤太郎左衛門と榎本釜次郎は短艇《カッター》を出し、開陽丸近くまで寄った。

「どのくらいの岩が食いこんでいるかはわからぬが、さすがは開陽丸だ。船体の被害は思ったほどではない。これならば、離礁さえできれば、修理できる」

　澤太郎左衛門がほっとした。

「自力での離礁は不可能とわかった。他艦を呼んで牽引《けんいん》させるしかないの」

ただちに榎本釜次郎が、蒸気機関搭載の船を派遣するようにと、五稜郭へ向けて早馬を出した。

「少しでも艦を軽くする意味と、万一のときに武力を失うわけにはいかない」

続けて榎本釜次郎は、開陽丸に積まれている大砲、弾薬を陸揚げすることを命じた。

　しかし、風雨のなかで、足場不安定な短艇に人力で大砲や弾薬を移すのは困難を極め、甲板上に設置されていた大坂城から運び出した砲門をいくつか運ぶのが精一杯で、甲板下に設置されている開陽丸が誇る十六センチクルップ砲はあきらめるしかなかった。

　さらに不幸は重なった。

座礁した開陽丸を曳航するため、急ぎ江差へと向かった回天丸と神速丸のうち、輸送船神速丸が、江差の手前で座礁、十一月二十二日、沈没してしまった。

「…………」

神速丸沈没の報を聞いた榎本釜次郎、澤太郎左衛門は絶句した。

開陽丸を救うはずの回天丸は、神速丸の乗組員と積み荷を助けるためにその場にとどまり江差へは来られなくなった。

「あああ」

結果、助けの手が間に合うことなく、十一月二十六日未明、榎本釜次郎ら乗組員、土方歳三以下の陸軍兵が見守るなか、開陽丸は船底より破断、泣き声にも似た音をたてて、江差の海へ沈んだ。座礁には耐えた船体も、十日をこえる波浪の連続には保《も》たなかったのだ。

「あああ……」

澤太郎左衛門が崩れ落ちた。

「海峡を制し、蝦夷に開陽ありと怖れられるはずだった。それがなにもできず、沈んでしまった」

膝を突いた澤太郎左衛門が、顔を両手で覆って泣き崩れた。

開陽丸を失った旧幕府軍の落胆は筆舌に尽くしがたいものであった。

「暗夜に灯《あか》りを失いしに等し」

「手足、眼眸《がんぼう》を失うがごとし」

「切歯《せっし》扼腕《やくわん》、涙を堕《おと》すばかりなり」

榎本釜次郎たちも開陽丸の失陥《しっかん》を嘆いた。

しかし、もう、戦争は始めてしまっている。

榎本釜次郎たちは、開陽丸沈没の傷が癒《い》える間もなく、組織作りに奔走、十二月十五日、蝦夷島政府樹立を宣言、入札による代表選出をおこなった。

結果、榎本釜次郎を総裁とし、副総裁に旧幕府陸軍奉行並《なみ》の松平太郎、陸軍奉行に大鳥圭介、陸軍奉行並土方歳三、海軍奉行に荒井郁之助《あらいいくのすけ》らが選ばれた。もと若年寄の永井尚志は、序列七位で実権のない箱館奉行になった。

開陽丸の艦将だった澤太郎左衛門は、海軍を外れ開拓奉行に任じられた。

なんとか、新政府軍と戦う前に政府としての形を整えたが、その直後の十二月二十八日、中立を表明していたアメリカ合衆国が蝦夷島政府を認めず、新政府支持を表明、軍事協力を開始した。フランス、イギリスは最初から榎本釜次郎たちを独立した行政府、交戦団体とは認めておらず、蝦夷島政府は樹立とともに孤立した。

もともと榎本釜次郎が大坂城から持ち出した十八万両の金を頼りにしての行動だったところに、諸外国との交易もできなくなり、冬では物成りもない。

たちまち蝦夷島政府は経済的に困窮、箱館、江差、松前など支配地に重税を課さざるを得なくなった。

過酷な税を押しつけなければ、住民にとって誰が主であろうとも関係ない。だが、苛政《かせい》は住民の敵である。反発した住民が蝦夷島政府に抵抗したり、新政府に内通したりしだした。

「そろそろじゃな」

機を窺《うかが》っていた新政府は、明治二年（一八六九）四月九日、江差の北乙部《おとべ》へ陸軍兵一千五百人余り、軍艦甲鉄《こうてつ》、春日《かすが》など五隻を派遣、戦端が開かれた。

住民の支持なく、軍資金にもことを欠き、強力な海軍もない。

これでは勝てるはずもなく、二十日ほどで蝦夷島政府は箱館に押しこめられた。

「夢潰《つい》えたり」

土方歳三ら陸戦隊の多くも戦死、抵抗する力を失った蝦夷島政府は五月十八日に降伏、榎本釜次郎、澤太郎左衛門らは投獄された。

当初、厳罰論が強く榎本釜次郎らの命も危ぶまれたが、オランダ留学の経験もある俊英を遊ばせておく余裕は新政府になく、明治五年（一八七二）一月六日、特赦を受け、榎本釜次郎、澤太郎左衛門らは釈放された。

その後、榎本釜次郎、澤太郎左衛門は蝦夷地開拓使御用掛《ごようがかり》として出仕するが、榎本釜次郎が順当に出世し、逓信《ていしん》大臣を皮切りに文部、外務、農商務大臣と登り詰めていくのに対して、澤太郎左衛門は海軍兵学校へ転籍、後進の育成に尽力し、己の栄達は求めなかった。

「儂《わし》の夢は、北の海で寝ている」

澤太郎左衛門は終生叙爵を受けず、正月の祝いもしなかった。ただ、毎年、戊辰戦争、箱館戦争の戦没者を悼んでの法要は欠かさなかった。

明治三十一年（一八九八）五月九日、肺炎にて死去、享年六十五であった。

「優秀な奴だった。あれはずいぶんと歳下《としした》だが、おいらの友さ。功も名も求めず、静《せい》謐《ひっ》に暮らしたあいつの教え子たちが、吾《われ》こそ四海を制する豪傑なりと軍艦の上を闊《かっ》歩《ぽ》している。面白いねえ」

澤太郎左衛門の訃《ふ》報《ほう》を聞いてその死を悼み、その教え子たる新政府海軍を皮肉った勝海舟も、八カ月後の明治三十二年（一八九九）一月十九日、七十七歳で生涯を終えた。

幕府海軍創設の目的であった海防はここに終わりを告げ、日本は海軍力を駆使して世界へ戦いを挑んでいくことになる。


（了）

時代小説文庫
う 9-15

陽《ひ》眠《ねむ》る

著者 上田秀人《うえだひでと》
2023年 8月18日第一刷発行

発行者 角川春樹

発行所 株式会社 角川春樹事務所
〒102-0074 東京都千代田区九段南2-1-30 イタリア文化会館

電話 03(3263)5247[編集] 03(3263)5881[営業]

印刷・製本 中央精版印刷株式会社

フォーマット・デザイン&シンボルマーク 芦澤泰偉

ISBN978-4-7584-4581-8 C0193

http://www.kadokawaharuki.co.jp/[営業]
fanmail@kadokawaharuki.co.jp[編集] ご意見・ご感想をお寄せください。